聯合文叢 426

采采卷耳

◉方 梓／著

目錄

推薦序 鄭清文 005
推薦序 瘂弦 010
推薦序 施叔青 012
推薦序 顏崑陽 013
新版自序 014

卷壹 022

南方嘉蔬 025
嫁茄子 033
歲歲年年 043
歹竹與尤物 053
玉蔓菁 063
采采卷耳 073

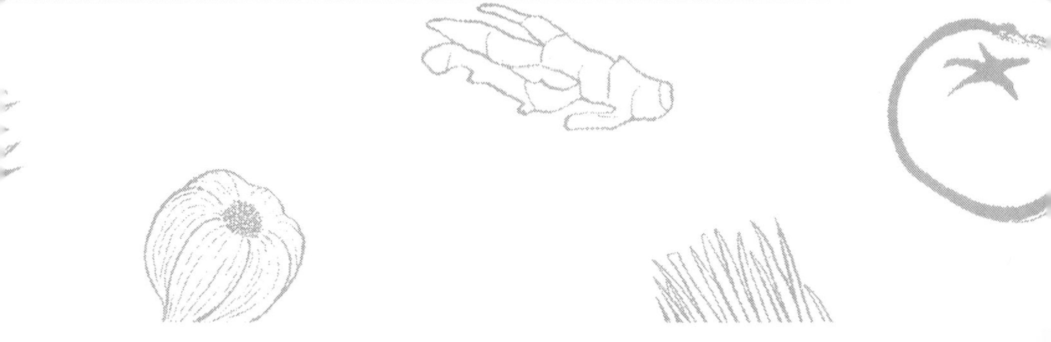

卷貳 084
從未現身的魔法師 087
錦荔枝與癩葡萄 097
樹的精靈 105
七月流火 113
巴吉魯 121
小卒過河 131
卷參 140
反僕爲主 143
彩霞的餐宴 153
花蓮豆 163
永遠的詛咒 173
清澈的溫柔 181
過溝菜 189

卷肆 …… 196
老圃秋藤 199
被封藏的青春 207
遲來的花季 215
年少瓜刺 223
好脾氣的老芋頭 231
歷史的味道 241
春膳 249
附錄 …… 255
原鄉的菜蔬體驗◎王鈺婷 255
在平凡中尋求不平凡◎鄭淑娟 292
後記 299

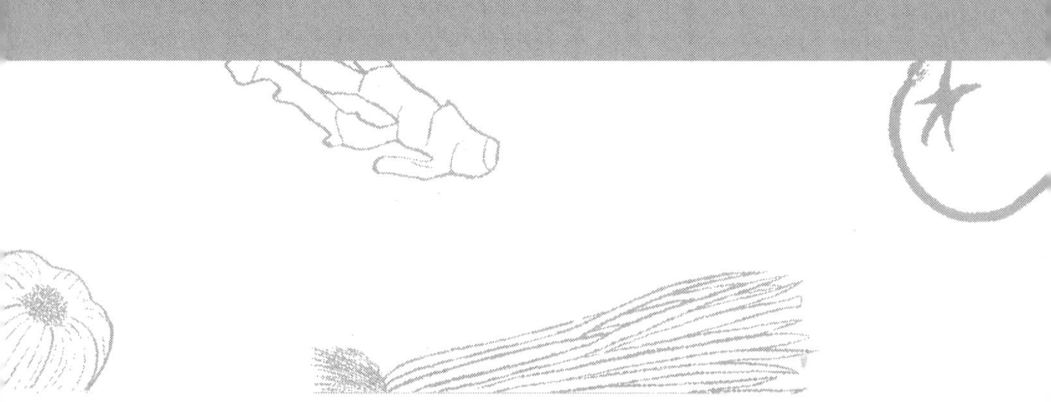

推薦序

鄭清文◎玉和鼎鼐

許多去美國的人，尤其是那些有家歸不得的人，時常會懷念故鄉的人、事、物。在日常生活中，他們對吃的東西，像蕹菜、竹筍，甚至豆腐和油條，都會特別懷念。

蕹菜也叫空心菜，沒有在美國人的菜單上，在美國是不容易看到的。有些人就利用屋前屋後的空地種了一點，也可以減少思鄉之情。

蕹菜並不是什麼佳餚。我二哥從菲律賓帶回來一個和菲律賓婦女所生的女兒，放在桃園鄉下。她就時常抱怨，每天吃蕹菜，吃得連牙齒都黑了。

方梓的《采采卷耳》這一本書，寫的是食物，是從蕹菜寫起的。她先寫比干。比干被妲己剮心，卻活著。看人賣空心菜，比干問，菜無心可以活？人呢？

她由無心菜談到空心菜，就是蕹菜。她好像使用遠鏡頭的攝影機，把遠距離的景物拉到眼前。

她寫蕹菜，寫茄子，也寫竹。竹的記憶是和竹鬼連在一起的。竹鬼，也就是竹篙鬼，竹竿鬼。台灣許多地方都有竹篙鬼的傳說。我姊夫的父親說他碰過竹篙鬼。他深夜從鄉間小路經過，路邊的竹突然咿呀、咿呀的倒了下來，橫在路上，人不能跨過。人一跨過，竹子就咿呀、咿呀的把人吊上去，懸在空中。

她寫竹和竹筍的種類，也寫竹的種植法和吃法。

《采采卷耳》是書名，也是篇名。寫的是蕨類。在台灣，把蕨類當食物，並不普遍，好像近年才有人注意到它。

小時候，方梓是鄉野女孩子。她在山野間採蕨，她知道如何分辨可吃和不可吃，更知道哪一種好吃。在山野間，到處隱藏著危險。很多植物，在可吃和不可吃之間，有時很難分辨。有些植物，甚至具有劇毒。她還被毒蛇追過。

她上山下河，並不是爲了珍味佳餚，而是在尋找可以果腹的食物。在曾經經歷貧苦的台灣人民，這是很普遍的情況。台灣的貧窮，並不是很久遠的事。大概在四十年前，我長大的桃園鄉下，還沒有電燈。

這一本書，寫了不少食物。那一些，都是日常的、平凡的食物。像芥菜，像高麗菜。她寫高麗菜，還提到這和高麗人，也就是韓國人可能有關的掌故。

這本書最可貴的是，這些平凡的食物周圍，還圍繞著一群平凡的人。她寫自己，寫父母，寫親戚，寫同學，以及許多她熟悉的人。這些人雖然很平凡，都寫得很生動。他們忍受著清苦，無悔的生活著。

在那個時代，女人並沒有地位。我大嫂三、四年前九十歲過世。現在，我還清楚的看到，每頓飯，她很少坐桌子，都坐在門邊的小凳上，澆些人家已把葉梗吃完剩下的蕹菜湯，默默的吃著。方梓寫了她母親，早期也大概過著這一種生活。台灣的經濟奇蹟，是這些人打拚出來的。

從她所寫，也可以了解台灣東部和西部的農耕習慣是非常相似的。東部又稱爲後山，前山後山，差異並不大。她的經驗，我大概也經驗過，所以我特別感到親切。

方梓讀了不少書。她讀古書，也讀現代的書。

她在寫竹的一文〈歹竹與尤物〉中寫道：「文人雅士認爲竹是悠閒、是操守的代表。早期台灣農業社會，竹子是忙碌的，因爲它要變出錢，變出工具，還要變出吃食，忙碌得沒空和文人雅士打招呼。」

她的文章可以雅，也可以俗。不但俗，有時寫得很土。土是台灣人的性格。

中國文化，把食文化放在最前面。其實，在少數能比美西方的中國文化中，中國人喜歡自美中國菜是世界第一。中國菜有精美的地方，也有荒謬、浮誇和殘忍的性格。熊掌是一個最好的例子。方梓所寫的，並不是這些來自古遠的傳統。

她寫童年，寫故鄉，也寫親人。她並以散文的方式，一點一滴的寫，一點一滴的寫出她身邊的眞實，也一點一滴的寫出了台灣的眞實。她寫的就是台灣生活歷史的一點一滴。她寫得很小心，卻寫得很眞誠。

幾年前，我在紐約，在布朗茲的植物園看到一小塊地，把莎士比亞作品中出現過的植物種在一起。聽說，在台灣也有人想把《詩經》中的植物展示出來。

雅和俗不是對立的。重現古典，有時是必要的。但是，過分偏古典，而忽視現代，卻是無知的。古典和現代生活能夠涉連，古典才有生命，不然只是骨董而已。

烏魚，在台灣是很平常的，大家都看過、吃過。烏魚子更是食品中的珍味。我查了國內出版的幾部大辭典，說來總是，把烏魚變成了鱧魚。古玉可以佩帶，至於鼎鼐就只能放在博物館了。

方梓的方法，是從現實追溯，去尋找一些食物的根源。古典能和現代生活串聯一起，是古典復活的路。其實也只有這樣，才能稱爲古典。

方梓讀書很勤，卻不屬於文人雅士。有時她一本正經的講大道理，有時幽默，甚至露出調皮的笑容。讀古思今，能雅能俗，看來是那麼熱鬧，又那麼豐富。這是本書的特色。

在過度物質享受的美國社會，許多遊子還念念不忘家鄉的口味，不管它多麼俗，多麼土。方梓所寫的，有的已成過去，有的還存續著。花蓮很近，也不是回不去的故鄉。不過每個人都有回不去的歲月。方梓把它寫了下來，又把台灣人帶回去那種清貧、樸素和眞誠的時代。

瘂弦

《采采卷耳》是一本感情深摯、風格溫馨的隨筆小品集。作者方梓以靈動明秀的筆致，成功的刻繪出早期台灣農村的生活圖卷，其體會之深，含蓄之厚，絕非時下一般浮靡侈麗的同類文字所可比擬。書中題材，雖屬鄉里間的尋常人尋常事，但不管是放牛養雞、蒔花種菜，乃至浣滌縫紉一類的日常瑣細，一經她的妙筆點化，就變得活潑飛動，充滿了色彩聲情，令人心馳神往，而不知不覺隨著她的娓娓傾談，走近一個牧歌般美好的有情世界。這種淺中見深、平中見奇的表現方式，自是源於古典田園文學的一脈相承，而又有新向度的拓展。

出生於花蓮的方梓，在鄉下度過幸福童年，她耕讀於稼檣，自幼嫻熟農事，對台灣這塊祖宗傳下來的熱土充滿了孺慕之情。傳統文學強調「多識草木之名」，方梓正是這樣一位廣學博聞、崇尚自然的生活家，在她心目中，一切花草果蔬，鳥獸蟲魚，都是天地覆育下的莊嚴存在，值得歡喜讚嘆。這種接近道家的物自性觀念，是她創作美學的思想主軸。

蘇東坡、袁枚、鄭板橋、周作人、梁實秋、林文月……從古典到現代，我們已隱然形成了一個藉談說飲膳寄託個人情志的寫作傳統，而後起的方梓作品中所顯示的，對台灣而言，則有另一層的含義：在全家老小圍著一盤空心菜的艱苦年月裡，所咀嚼出來的菜根滋味，苦澀中帶有回甘，這是典型的「台灣經驗」，不應該被遺忘，值得人們追憶、珍惜。

台灣史可以有各種不同的寫法，但恐怕很少人會想到，用玉蔓菁、癩葡萄、巴吉魯、過溝菜、山蘇、過貓……也可以爲歷史作註的。方梓的巧思妙喻，令人發出會心微笑。

施叔青

本來尋常，最平凡不過的菜蔬，作者匠心獨具，以她特有的書寫，將茄子、空心菜、高麗菜……與兒時家居記憶、親人鄉友的見聞巧妙編織，成爲篇篇動人、感人的故事。

各式菜蔬的歷史、特性，原來乏味沉悶，方梓將之有如音樂旋律般的引入、淡出，更擅用譬喻，讀來不僅興味盎然，且頗富哲思，啓發人心，如此書寫青菜蘿蔔，堪稱另類散文，值得推薦。

近來文化人講究，飲饌美食，方梓行文裡描述的私家食譜也頗有可觀，她令母親的廚藝躍然紙上，筆下敘舊、孺慕之情尤其溫馨動人。

顏崑陽

《采采卷耳》教人動心又動腦的一系列散文。很久未曾讀過像這樣有情、有味、有識、有理的好文章了。

動心，是因爲方梓將早年台灣農村的生活情景寫活了。他們的食衣住行，他們的喜怒哀樂，他們的是非恩怨，他們的風俗人情，都鮮明而細膩的甦醒了我的眼，感動了我的心。

動腦，是因爲方梓竟然懂得那麼多和各種蔬果的名稱、品種、來源、生態、功用、烹調有關的見聞。而在敘事、抒情、博識之間，更經常蘊涵發人深思的理趣。

很眞實的生活經驗、很深刻的感受和體悟、很博論的見聞，都以一種和我們日常生活非常貼近的蔬菜、水果串聯起來，卻融合得渾然一體；文字技巧看似平淡實頗圓熟。

新版自序

還是去看水庫。

我們坐在水庫溢洪道下方的溪河堤上，一公尺水深的河底小魚躍上躍下翻游，有時翻轉著銀白色的魚腹，像一枚枚銀幣映著水光閃爍。黃昏麟浪似的薄雲暈染著橙色，涼風習習，二層樓屋高拱垂的老相思樹，搖盪著翠綠的枝葉，樹雀嘹亮鳴囀。夏日將盡不遠處的林子裡暮蟬扯開著喉嚨聲嘶力竭，不知是要挽住即將消逝的霞光，或是就要走過的夏季？

從清明綻開至今的刺桐花仍豔麗奪目，野桑椹果實纍纍如黑色毛毛蟲吊掛在枝椏上；山腰上藤蔓纏繞著枯樹幹宛如一頭長頸鹿，尾端兩截枝椏神似鹿角。水庫左上方山毛櫸蔥蘢茂密，數十隻白鷺鷥棲集在樹梢，宛如一片綻開的白花；蜻蜓和豆娘不時俯衝輕點著河水；及膝的芒草上蹦跳著小蚱蜢，鬼針草的花絮舞著小黃蝶；回望進來水庫的小徑矗立著難得一見的木頭電線桿，被雨水日曬出灰黑龜裂年代久遠的痕跡，碎石小徑兩旁的蘆葦、菅芒叢生，彷彿身處在五〇年代或更早，在沒有交通工具兩肩挑擔赤足行走兩個山頭的時代。

有時，走過暖暖苗圃，一間荒廢閒置的矮小古厝，漆著五、六〇年代最常見的水青色，風霜日曝斑剝成了灰青色。路邊一座低矮如大型紙箱的土地公廟，簡陋擺置著香爐和數把的香，看來有不少人來祈求平安。

沒錯，這是我目前居住的地方，離喧鬧的台北市不遠，有個極好聽的地名：暖暖，曾經是茶鄉和大菁染料的產地，有台灣第一座水庫，礦坑遺址、運輸古道、古厝、苗圃……。

二〇〇八年夏至決定改變生活方式，不想做朝九晚五的職場工作，任性的想住在鄉野，於是搬回購置多年暖暖的家。

來暖暖一個多月。屋鄰是水源地和數公頃的苗圃，靠山傍溪，十足鄉間樣貌，隔一座小橋才是這個小鎮的熱鬧區，近年來有二十四小時的超市和便利商店。我還是喜歡走路到街上蔬菜、水果攤上挑撿採購，十分符合居住在這裡的步調。

傍晚和女兒一起散步是我們最快樂的時光；從固定路線到後來如探險般尋找不同路徑，溪底、山徑、產業道路，可以去水庫、苗圃，更遠到暖東峽谷，如果時間允許還可以走去淡蘭古道，裝備更齊全就一路到九份、十分寮，另一個方向可以到達七堵、汐止，曾經這是一條茶葉、大菁等農產物資運送的重要道路，以及礦坑遺址，現在成了登山者尋幽的途徑。

每日黃昏的散步，沿途辨識野花野草野菜，尋覓樹上的大尾巴松鼠，護送路中央的蟷螂、蚱蜢、蟋蟀、蝸牛回草叢，免得被行過的車子壓輾或慢跑的人踩到；蘆葦叢裡一群竹雞嘈雜聲迴盪在山坳；有時摘著紫黑甜滋滋的野桑椹或如小葡萄的龍葵熟果嚼在嘴裡，有時剪了幾枝野薑花，有時採了山茼蒿、龍葵、野莧回家當晚餐的菜蔬，女兒笑我是野人，她擔心我是否會把一些昆蟲帶回家炒食。

對女兒而言，我童年的野趣無疑就像個野人玩樂，也因爲那樣的野趣，我認識了許許多多蔬菜、植物。

二〇〇〇年我回溯敘述自己的童年，循著《詩經》的野蔬投射庶民的生活，我以常見的蔬菜映照母親輩台灣女人的性格，以及花蓮農家的樣貌。

我寫蔬菜，其實是寫台灣女人，不同的蔬菜對照著不同女人悲喜的一生，那時孩童及現今爲人母眼中前輩女人的生活與命運搏鬥過程，尤其做爲移民開墾的花東地區，女人更似野蔬，堅韌、刻苦耐勞，窮鄉僻壤、貧瘠土地深耕播植長出枝葉開花結果。

我在蔬菜中藏匿了母親輩女人的宿命與感情世界，以茄子做爲象徵，以花椰菜做隱喻；以茼蒿爲投射，她們在情欲、命運、婚姻中的掙扎、抉擇；以空心菜、高麗菜、蘿蔔爲借喻，在社會變遷中她們的妥協與遷就；以醬菜、苦瓜、野菜影射她們爲家庭耗盡的青春歲月……。

我以蔬菜寫女人，我認爲是女性書寫，但是《采采卷耳》出版後，我成了自然寫作者，以及飲食書寫作家，作品也陸續被選入飲食散文選集或自然作品選輯。爾後，演講授課不再只是編輯採訪或報導文學，而是談飲食文學或自然寫作。

無心插柳成了自然寫作者，作品成了飲食文學，原本爲台灣女人發聲的聲音羸弱，就像〈反僕爲主〉中的蘿蔔，以蔬菜爲主題的寫作，自然削去隱匿的女性身影，自然或飲食書寫就成了顯項。

《采采卷耳》舊版三千本早已售空，手中也僅存三本，感謝悔之抬愛，及晴惠和晶惠的大力幫忙，得以再重新出版。聯文版的《采采卷耳》增加了〈歷史的味道〉和〈春膳〉兩篇，談的是飲食文化的傳承與歷史的脈絡關係，更符合飲食文學的範疇，同時也附列了成大博士候選人王鈺婷的〈原鄉的菜蔬體驗——論方梓《采采卷耳》的花蓮地誌書寫與女性主體〉，鈺婷的評論厚實、深刻剖析了我從花蓮出發，以花蓮女性移民性格的書寫方向，還原我在女性書寫的立場，及家族的歷史敘述。

另外，鄭淑娟〈在平凡中尋求不平凡——評方梓《采采卷耳》〉，這是淑娟碩士論文中的一小節，探討飲食文學的面向，細究《采采卷耳》藉蔬食敘述人情物理。

當然得再感謝瘂弦先生、顏崑陽老師、鄭清文前輩及施叔青女士初版時推薦的文章。畫家鄭宇斌先生的插畫增添本書的光采，從《采采卷耳》出版後一直受到矚目，這次重新出版仍舊沿用。

秋日乍到，夕照依舊暖熱。經過苗圃，女兒指著廣闊的樹苗田圃，「妳一定很喜歡在這樣的田裡蓋一棟房子」，她畫了一個好大的餅給我，「如果我賺了大錢就給妳在這樣的田地蓋房子，一邊讓妳種樹，一邊讓妳種菜。」女兒知道，我只鍾愛種菜，近年來寫樹。

其實這裡的房子後面有兩坪大的「後院」，過去因雨水過多種什麼爛死什麼，也疏於照顧，只栽了一棵玉蘭花，高高瘦瘦的抽長，只長葉不開花。然後就任由別處飛來的非洲鳳仙花落土隨處滋長，也儼然成了一方雜亂小花園。

每天傍晚的散步，因為野花野菜的關係，女兒要我敘述《采采卷耳》裡的故事和人物，她則不厭其煩的畫著大房子、種菜種樹的美夢，我們樂在這種過去、現在和未來的編織交錯。因爲落腳在這裡，讓她終於擺脫冷氣房和都市便利的生活，適應鄉居的步行或以自行車爲主要交通工具，而我再度享有與樹林、溪水和野蔬爲伍的樂趣。

校對著《采采卷耳》的新版，彷彿讓我再一次回到童年，再一次敘述父母的故事，花蓮人的事跡。

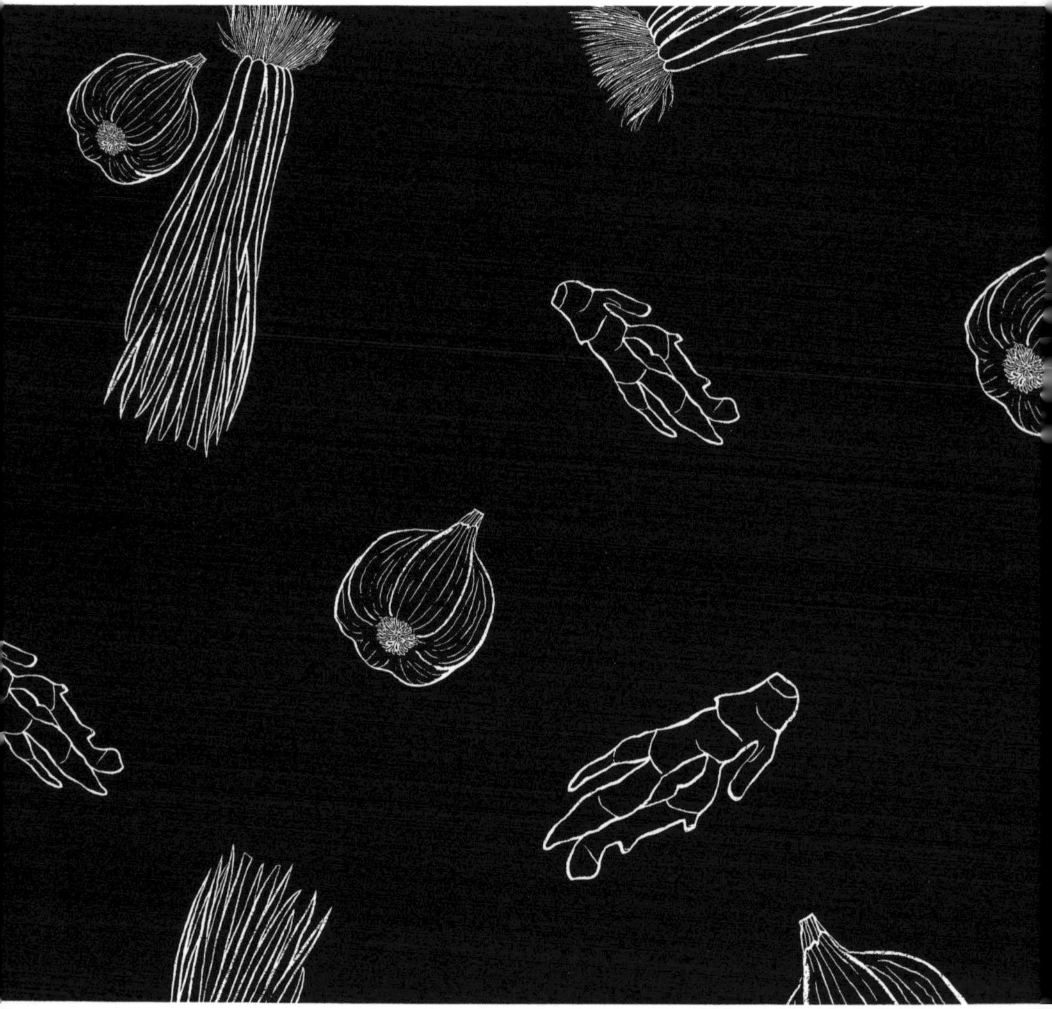

卷壹

南方嘉蔬

小時候一直不能體會父親告訴我這個故事的意義，以爲，只是說說，一個單純的告知，一則知識。而從故事中，我也沒體會到任何的啓示，究竟當時年紀太小，只覺得父親博聞，不單是個農夫而已。

年長之後，我知道這個故事出自《封神榜》，一段血腥的野史、小說。我惴想當時父親是要我們重視自己的姓氏。從來，父親都認爲「林」姓，雖有重要人物；歷代的皇帝，沒有姓林的，勉強稱得上「領袖」的大概只有林森，民初臨時政府主席，且不過是個「榮譽職」，重量不足，分量更是不夠，甚至我還懷疑有多少人知道他？雖然有個燒了鴉片煙的林則徐，可惜擋了洋人財路，官運因此黯淡。現今每年六月三日總會抬他出來做爲禁煙的代表人物，卻也像個圖騰，一年就露這麼一次臉。

父親對於林姓在歷代中的出仕、商賈如數家珍，因爲實在也沒幾個，而且很勉強才稱得上是個人物。

對於不顯赫的姓氏，父親反而津津樂道的向我們述說有關林姓的由來。

故事中，紂王的叔父比干，被挖了心，一路奔逃求救，卻因爲賣空心菜婦人的一句：「人無心都可活，菜爲什麼非得有心？」父親說，比干聽了，落馬而死，中了妲己的奸計。比干的遺孀逃到森林中產下一子，取名林堅。父親說，這就是林姓的由來。

在《封神演義》裡，我沒有找到林堅這號人物，比干的兒子叫微子德，不叫林堅。

諸橋轍次的《大漢和辭典》關於林姓由來的解釋：「《通志．氏族略》林姓，姬姓，……王子干爲紂所戮，其子堅逃於長林之山……。」王子干就是比干，他的兒子的確是林姓的由來。

不過，比干被剮心在《封神演義》裡倒有這麼一段；妲己計害比干，說是要吃玲瓏心治病，被挖了心的比干有姜子牙的符咒鎮住，暫時保住性命。「且說比干走馬如飛，只聞得風聲之響，約走五七里之遙，只聽得路旁有一婦，手提筐籃，叫賣無心菜。」生死關頭，比干還有心好奇追問婦人：「人若無心如何？」婦人曰：「人若無心即死。」不問便罷，比干一聽大叫一聲，摔落馬，「一腔熱血濺塵埃」，這一句看得教人驚心動魄。如果照父親的說法，是妲己幻化爲賣菜婦人，而書上並未明示或暗示，不知是賣菜婦人的有心或無心，即使神算如姜子牙，也難算準會冒出個賣無心菜的婦人挑起比干的好奇心。

對於稗官野史的欣賞是年長後的事，小時候聽故事留下印象的卻是空心菜，那個菜園裡隨時看得到，餐桌上幾乎餐餐有的菜，竟然是故事中的重要關鍵，從此，我再也不敢小覷空心菜。

《封神演義》中並未提到空心菜，賣菜婦人籃中的無心菜是否就是空心菜，恐怕也很難證實，很有可能只是作者爲了強調情節所創造出來的「虛幻」蔬菜；父親的「封神榜」是來自布袋戲、說書，經過劇作者改編、添加、刪減，或是父親個人的喜好皆有之，無心菜可能便是這樣成了空心菜，父親也篤信賣菜婦人叫賣的一定是空心菜了。讀《封神演義》，能體會作者的「無心菜」是有心編造出來，做爲一種玄虛。然而，玄虛到了後世竟然有其菜，這大概是作者陸西星始料不及。

空心菜原名蕹菜。關於蕹菜，一般資料的記載十分的簡單，「葉似菠菜，莖細長，中空，花白色。」《植物名實圖考》裡，蕹菜屬於南方草木。《嘉祐本草始著錄》：「解治葛毒……南方種爲蔬，北地則野生。麥田中徒供豚豕耳。心空中，嶺南夏秋間疑有蛭藏於內，多不敢食，種法如番薯，掐蔓插之即活……在嶺南則爲嘉蔬。」

在諸多的文獻中，除了現今的介紹有關台灣的蔬菜有空心菜之名外，其餘都沒有「空心菜」這個別名，並且，南北的口味差距頗大，南方是嘉蔬，北方竟是供豚豕食用。

空心菜如果只是供豚豕食用，大概絕大多數的台灣人都會認爲「討債」，在台灣人的命脈中空心菜有著非常重要的地位。嚴肅的說，空心菜在台灣經濟成長的過程中和番薯一樣，有著重要的地位，說是「南方奇蔬」

絕不過分。五、六〇年代，空心菜是貧窮的象徵之一，也是窮人家唯一吃得起的菜蔬；瓊瑤的小說《幾度夕陽紅》中，貧困的女主角家中，三餐的主菜便是空心菜，因爲它夠便宜。

雖然文獻上記載空心菜和菠菜相似，然就特質上，空心菜和番薯才是十分接近；在台灣人眼中，空心菜和番薯都是「落莖生根」，也就是「掐蔓插之即活」，容易種植，又不太需要農藥及細心的照顧，更貼切的說法是它們很「韌性、賤命」，能在艱苦的環境中快速根衍葉生。因此，在貧困的年代，番薯和空心菜曾經是台灣人的救命食物。然而，隨著台灣經濟起飛，番薯和空心菜並未因其「賤命」而被淘汰，反而隨著經濟起飛翻身成爲宴客菜餚中時髦的青菜，或許，一則是中壯輩的懷舊心理，一則可能是基於攝取蔬菜的健康考量。

或許，是飲食習慣的養成，童年餐餐空心菜並未讓我膩煩，反而吃出滋味。母親善於炊煮，即使青菜也炒得脆綠可口，尤其母親巧於變化，空心菜在母親的手上便有炒、煮湯和川燙等不同作法，而我最愛加入小魚乾的空心菜湯。

因為莖中空，所以，空心菜要吃其「脆」，不管爆炒蝦醬或川燙、煮湯，都要講究「脆綠」，煮老了、疲軟了，就不脆。空心菜還要趁熱吃，放久了會褪色，不好吃也不好看。因此，母親總是等到我們上桌才下鍋炒空心菜；然而對母親而言，空心菜也總會勾起當媳婦時的心酸。在不寬裕的大家庭當媳婦，伯母和母親不管哪一餐總是最後吃飯的人，通常只能冷飯就著涼了的菜湯汁和幾根黯色的空心菜梗下飯。因此，母親說，能吃到熱騰騰、脆綠的炒空心菜是幸福的人。

黯色的空心菜梗，對我卻是一種想念。

一九八五年隨先生到美國愛荷華參加「國際寫作計畫」，認識呂嘉行和譚嘉夫婦，譚嘉很會做菜，經常讓我們一群人叨擾，吃飽喝足還讓我們帶些吃的，有時是香蕉蛋糕，有時是小菜，其中印象最深刻的是醃製的空心菜梗，切成小小段，有點像醃豇豆，只是顏色再黯沉些，看來不起眼，沒有「吃相」，嚼起來卻像爆炒剛起鍋，脆而有嚼勁。空心菜是譚嘉在自家後院種的，到了秋、冬天，氣候過冷，空心菜種不起來，醃製品多少可解饞，以清炒或加豆豉、加辣椒，都十分下飯。可惜，當時沒有學起來，回台灣後也從未見過類似的作法，也許台灣太富足了，青蔬水果四季樣樣不缺，尤其是空心菜天天都買得到，誰會去醃漬？因而，每當嚼食脆綠的空心菜時，總會懷念譚嘉所醃製黯色的空心菜梗。

台灣諺語中比喻女人如油麻菜，指農業時代的婦女，完全不能掌控自己的命運和未來，也暗示早期台灣女人的命賤、不受重視。然而在母親輩的身上，我卻有一種感覺，台灣的女人一如空心菜，不管怎樣的環境，她們都能活出自己的風格，卑賤也好、時髦也罷，主角或者配角，都韌性十足；台灣，從貧窮走到富裕，表面看來她們也許不是光環所在，卻是光環背後的光源。

蕹菜，台語唸「應菜」，我還是喜歡它叫空心菜；空心是以虛體去擔受時代的悲苦，或者，去承納豐盈的世界。從商末比干的無心菜至現今的空心菜，翠綠的身姿亙古如一，虛實，不過人間相。

茄子

嫁茄子

有很長一段時間，紫色對我而言是妖媚、是迷惑，同時，也是禁忌與情欲的表徵。最初的迷惑是來自那件紫色衫褲，以及穿那件衫褲的人。

也許是體質的關係，從小我經常皮膚過敏，母親不許我多吃茄子，她說茄子有毒對我不好，她卻愛吃，而且常吃。我不解爲什麼，我吃的茄子會變成有毒？

母親稱紫色爲茄仔色，我以爲茄子有毒是因爲紫色。

從有記憶以來，紫色是禁忌，也是溪邊洗衣婦人的話題。

我隨母親來到溪邊，已有幾個洗衣婦人，原本輕細的交談聲，突然噤口，母親繞到她們的對岸蹲下來低著頭，用力刷洗衣服，拍打衣服的聲音彷彿帶著一股怒氣。洗衣婦人都是鄰居，在母親啪啪的洗衣聲中又開始交談起來。每天來溪邊玩水，我知道她們在說什麼，其實她們也不避著母親，有時還刻意讓母親聽到。我也知道再過一會兒，阿姆晾好衣服，一定會騎著腳踏車經過這裡，到隔壁村去。只要阿姆經過後，她們的笑談聲會更放肆，深怕別人不知她們咬耳朵的快樂，然而，母親的臉色卻沉了下來，洗衣的力勁卻如水閘乍開，力道十分嚇人，整個溪邊就只聽到她一個人洗衣服的聲響。

阿姆一家人和我們是同宗親戚，就住在隔壁，她的公公我們叫伯公，和祖父情同手足。

阿姆和她的丈夫就像我們的大伯母、大伯父。

母親正用力的刷著弟弟的卡其褲時，阿姆騎著腳踏車經過，和洗衣婦人以及母親打個招呼：來去替阮阿清拿藥。這幾乎是阿姆每隔兩三天的工作。中藥店只有隔壁村才有，隔壁村是個大村，有診所、戲院，還有西藥房。阿姆有時拿中藥，有時拿西藥，因爲大伯父身體從小就不好，有半天的時間是躺在床上，半天是坐在門口的籐椅。廚房裡隨時都瀰漫著濃濃的中藥味。我不知道今天阿姆拿的是中藥，還是西藥？依照溪邊洗衣婦人的說法，阿姆不管拿中藥或西藥，最後一定會去診所，林醫生仔的診所。洗衣婦人都說阿姆不該去那間診所的，尤其更不應該穿那件紫色的長褲。

茄子有胖、有瘦，顏色有深、有淺；那時我總認爲阿姆是胖茄子，小姑姑是瘦茄子，因爲，她們都有一件紫色的長褲，只是小姑姑的顏色很淺，像剛長出來，顏色還沒有變深的小茄子。小姑姑也騎腳踏車，像兩隻細長的小茄子踩著腳踏車；紫色的長褲緊裹著阿姆豐腴的大腿，像兩條胖胖的茄子。

當阿姆穿著深紫色的長褲去診所後，小姑姑也騎著腳踏車去學裁縫，她朝母親說：二嫂，我去學裁縫了。然後，洗衣婦人會對母親說：妳小姑仔愈來愈標緻。這時，母親臉上的烏雲才逐漸散去。

有時，在阿姆經過後，洗衣婦人會說，「伊的後生就親像林醫生仔，那模仔印的。」她們說的後生是長我兩歲的大堂哥。我到過診所看病，看過林醫生，一個大人，一個小孩，我看不出來他們哪裡像。倒是長大後的大堂哥和阿姆一個模樣。我曾經問過母親，爲什麼有人說大堂哥會像林醫生？母親斥責我：囝仔人有耳無嘴，再亂說就不准到溪邊玩水！

聽多了，我明白那是禁忌，只能放在心底，不能問，也不能說。

伯公無法生育，大伯父是獨養子，阿姆是童養媳。年輕還未婚的阿姆是村裡少年家心中的「黑貓」，豐乳肥臀，又懂得打扮，當時在稱得上富裕的家庭，如女兒般被疼惜，是人人羨慕的媳婦仔。最後，黑貓嫁給破病清仔，著實讓村裡許多男人扼腕。在他們送做堆後一年，阿姆開始喜愛著穿紫色的長褲，然後經常去診所拿藥。再一年後，生下第一個小孩，大堂哥。少婦的阿姆越發嬌豔，和丈夫的清癯削瘦，成了強烈對比，卻也因此比出了幾年不散的流言。

然後，溪邊的婦人開始有了豐富的話題，一個傳一個，就連剛嫁入門的新婦，在溪邊洗衣三天的光景，來龍去脈，全都清楚。

母親不喜歡紫色，她說，太野了。

我也不喜歡茄子，它有毒，也讓我想起那雙踩動腳踏車豐腴的雙腿。

後來，愈來愈少人在溪邊洗衣，我也讀國中，沒有機會在溪邊撿閒話。紫色的謠言繼而轉在屋子與屋子的巷弄間流動，濃烈得如屋旁那株盛開的含笑花香。然而，大伯父始終沒有聞到，他家裡的中藥味愈來愈重，待在屋外的時間也愈來愈短。

姆婆和伯公相繼過世，不事生產的大伯父開始變賣田產過日子，田產沒幾年便賣光；家道中落，阿姆獨自辛苦地撐著家，還照顧身體虛弱的丈夫和四個子女，臉上盡是風霜。不過，紫色長褲還是阿姆的最愛。

負笈北上，我帶了兩個禁忌，茄子和紫色。

我說紫色太野了，同學說紫色是高貴的；膚色白皙的同學穿著紫色的窄裙，我十分不解為什麼她把紫色變高貴了。

紫色是妖媚，說變就變，就像茄子；《紅樓夢》裡茄子不是茄子，是富貴的象徵。

《紅樓夢》四十一回裡，劉姥姥在大觀園裡用膳，賈母要王熙鳳挾「茄胙」給劉姥姥嚐嚐看，和鄉下的茄子有何不同。吃不出茄味兒的劉姥姥問起茄胙的作法，王熙鳳說「不難」，只要把五月的新茄去皮去瓤子，留下淨肉切成頭髮般的細絲，曬乾後用老母雞燉熬的湯汁入味，再拿出來曬乾，「如此九蒸九曬，必定曬脆了，盛在瓷罐子裡封嚴了，要吃時拿出一碟子來，用炒的雞瓜一拌就是了。」這麼繁複的過程，王熙鳳竟然說是「不難」，不難想像侯門豪宅的講究排場，也難怪賈妃歸寧省親一入大觀園要默默嘆息「奢華過費」；曬個茄胙要用掉九隻老母雞，比熬魚翅、燉鮑魚還麻煩，不只是劉姥姥要說：「我的佛祖！」，我告訴母親，茄子也可以做成茄胙時，母親說，有錢人家沒事做，她寧可吃雞省事。茄子在母親的作法的確簡單，最複雜的也不過是用醬油煎煮，簡單的則是開水燙熟蘸醬油，有時煮味噌湯。母親總以為我拿書來哄她，她說：茄子就是茄子，哪來那麼複雜，騙人沒讀過書。

來台北念書後，我開始對茄子不會過敏，母親說是成人了，所以體質也改變了。紫色和茄子的禁忌逐漸解除。

我決定一窺茄子的奧祕。

茄子，五代《貽子錄》中說「其味如酥酪」。究竟是要如《紅樓夢》中的「茄胙」作法才能有「酥酪」的味道，或是，像周作人〈賣糖〉文中的「茄脯」（用沙糖煮茄子，略晾乾。）嚐了像酥酪？我沒嚐過酥酪，不知其味。但我相信茄子在母親的煮法下絕不會像是酥酪，即使後來嚐到魚香茄子，客家的九層塔炒茄子、日本人的醃漬茄子，也都應該不會是酥酪的味道。茄子的主要成分是醣類以及豐富的鐵和鈣，這樣的成分還是無法讓我去想像「酥酪」的滋味。我想，也許只有義大利式的乳酪烤茄子會像酥酪吧。

寒暑假回家，我喜歡坐在院子的麵包樹下看書，或是乘涼，每日也總會和路過的阿姆打個招呼，有時閒聊兩句；阿姆有個和我同年紀的兒子，高中畢業那年的暑假在海邊淹死，看到我大概會讓她想起那個早逝的兒子吧。望著她因為困苦、家庭變故而急速衰老的臉滿布著黑斑，像是剖開茄子裡的瓤子，完全尋不出當年黑貓的影子。那件褪了色還起毛球的紫色長褲，仿若斑剝的朱門，隱約可窺出當年的風華。

我不知道阿姆愛穿紫色長褲的緣由，然而，我總是要聯想到茄子；也許是因爲紫色，以及茄腹中數之不盡的瓤子緣故吧；茄子也有多子的象徵。《酉陽雜俎》中記載「欲其子繁，待其花開時，取葉布於過路，以灰規之，人踐之，子必繁也，俗稱之嫁茄子。」台灣的習俗裡沒有「嫁茄子」，然而，阿姆的紫色長褲，卻讓我聯想起嫁茄子；四個子女，對體弱多病的大伯父，也應算是「子繁」吧。

弟弟結婚那年，第一次當婆婆的母親特別訂做一襲紫色的旗袍，皮膚白皙的她穿來確實好看。我說：紫色眞漂亮，穿起來一點都不野。母親略有慍色的說：紫色很高貴，誰說它野？

茄子對我不是料理上的意義，是象徵。我喜歡嫁茄子的習俗，彷彿映照在一個女人的執著與堅持。

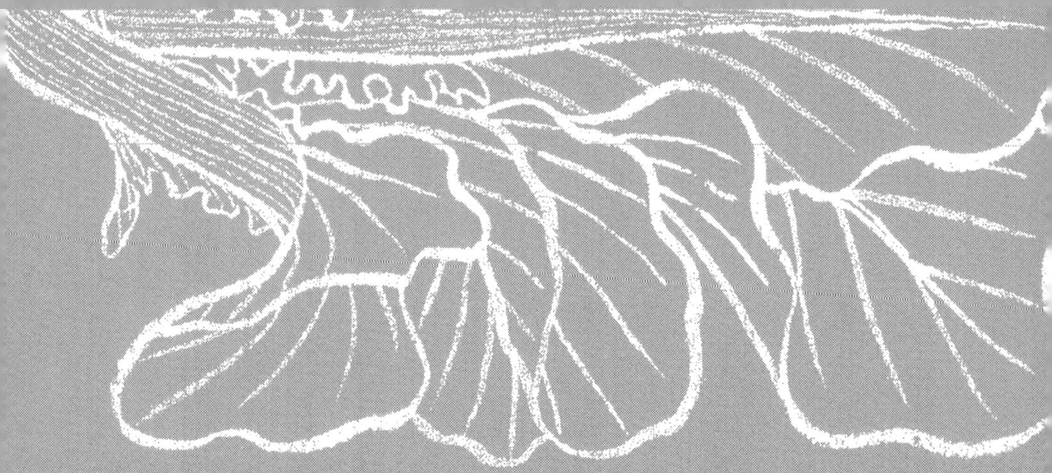

芥菜

歲歲年年

冬天，是思鄉的季節。盛產的芥菜，散發著年的味道。彷彿整個冬天，都是在爲過年做準備，先是端出茼蒿菜，再來是湯圓，再來香腸，等到蒸好年糕，飄出長年菜的味道，便是除夕了。

長年菜，就是芥菜，台語稱「刈菜」，百變的身姿。芥菜，在冬日陽光下一路抽長，和冷風競走，挺拔、彎曲，都是清苦。

收割完第二期稻子，父親撒下芥菜籽，準備過冬的氛圍瀰漫著這個簡樸的小農村。鄰田種的是油菜和茼蒿，也有蘿蔔和大白菜，都是年菜。空著的田便是小孩們嬉戲的場所。緊巴著秋天的陽光，菜蔬快速的成長，大人們也趁著秋末的日照，趕緊曝曬醃菜。剛曬完穀子的大稻埕連喘口氣的時間都沒有，碩長青脆的越瓜和大黃瓜，開腸剖肚地躺了一埕，肥大的白蘿蔔被刨成一條條，任由陽光煎成醬黃。

阿嬤說，冬天的陽光是黃金，不能浪費，要用到最後一絲。最後羅列在大稻埕上的蔬菜是芥菜，也和白蘿蔔一樣，要曬成幾種膚色。曬芥菜的同時，田裡一個個胖大的木桶矗立著，小孩子都知道，踩酸菜的遊戲時間到了。被曬了一天或兩天的芥菜，軟趴趴的被收攏成一堆堆，幾個小孩，洗好腳爬進大木桶內，連頭淹沒在桶內，桶外的大人把垂頭喪氣的芥菜一棵棵的往木桶內丟，灑一層粗鹽，小孩子們雙腳不停地又踩又踏，踩完一層，再丟一層，一直到七分滿。那個大多數的人「光腳上學的年代」，很少有不受傷的腳，踩在粗鹽上，一陣刺痛，痛了幾回也就麻了，但也少了幾分痛快的感覺。酸菜不是拿去賣，便是要吃上一整年，所以，每個家裡至少要備上一兩桶。醃製成的酸菜也會有好與不好的待遇；過年用的酸菜當然有鴨肉搭配，拜拜時的酸菜，也會摻些肉類，不過最多的時候是蒜頭或辣椒炒酸菜。小孩嘴饞時，直接生吃，只見一人一棵，咬得眼歪嘴斜、興高采烈。

稻埕上還留著不少曬過的芥菜，不是木桶裝不下，是準備做覆菜（也叫福菜或梅乾菜），曬過的芥菜搓了鹽再繼續曬個幾天，直到成了淺褐色，再裝進玻璃瓶或小甕裡，瓶和甕都小當然無法用腳踩，要以細木棍搗壓，愈緊密愈好，一個小小的瓶子都可以裝下一大堆的覆菜。覆菜，客家人最擅長醃製與烹調，以梅乾扣肉最出名，閩南人則較偏好酸菜。裝在玻璃瓶或罐甕裡的覆菜，取用時要以小鐵條一端彎折成勾子，一條條從玻璃瓶或小甕內勾出來，和勾取蘿蔔乾一樣，母親忙時，勾取覆菜就是我的工作，勾覆菜時要先扒鬆再勾拉出來，勾出來的覆菜，先洗淨沙粒，然後浸泡在水裡稍去鹽分，烹煮時才不會死鹹。母親不太擅長做梅乾扣肉，多半是覆菜雞湯，和酸菜鴨的作法差不多。這樣的搭配，老讓我覺得是酸菜嫁鴨、覆菜隨雞，同是「姊妹」，滋味卻不盡相同；酸菜如么妹，漂亮、活潑熱情，覆菜如長姊，嫻淑、沉潛、內斂，然而這兩位婚後的姊妹卻很難同時在桌上碰面。

曬完最後一棵芥菜，冬日最後一抹陽光烤溫了棉被，藏入深厚的雲層。過年了。

過年少不了芥菜，芥菜從田裡、木桶裡、甕子裡，換上不同的新裝，從鍋裡探出頭來。

根據吳其濬的《植物名實圖考》，芥菜又分成「青芥、紫芥、白芥、南芥、旋芥、花芥、石芥」等，也因為地域不同，長相的不同還有許多種叫法與名稱，例如，《上海縣志》：「矮小者，曰黃農芥，更有細莖扁心，名銀絲芥，亦名佛手芥。」芥菜的產期，在台灣是十月至隔年三月，也就是屬於冬季蔬菜。因此，才會有「南芥，辛多甘少，北芥，甘多辛少。」在袁枚《食單》裡便有冬芥、春芥兩種；不管冬芥或春芥，在袁枚的食譜，均以「醃製」為主，尤其冬芥醃了之後，煮鰻、鯽魚最佳。其中，袁枚認為，把芥菜醃製曬乾、折極碎，「蒸而食之，號『芝麻菜』。老人所宜。」另外，他也認為酸菜可以「醒脾解酒」。芥菜，在袁枚的食譜中就有九種之多，幾乎都是醃製過，再另外料理。

不管大陸、台灣，芥菜幾乎整株都可食用，葉菜可煮、可醃，芥根（莖）亦是可醃，或煮湯、炒食。

芥菜只是一個通稱的名字，就如同蒿苣有衆多姊妹和同宗的家族，在台灣，也許因爲氣候的因素，芥菜的「姊妹」較少，不過依「長相」一般可分「刈菜」、「菜心」，和「翹龜仔菜」；刈菜是長得不夠粗大的幼苗，一般是用來清炒，在同「姊妹」中是屬於比較細嫩、標緻的。菜心，顧名思義，主要取其心，而所謂心是粗莖，剝撕掉厚硬的皮，莖心切滾刀塊煮湯，也有人抓鹽後涼拌，吃其爽脆，而其菜葉若細小、粗老便棄而不用，若肥碩又嫩則可做覆菜或長年菜。至於「翹龜仔菜」，也稱「包心刈菜」，葉片肥嫩包捲，似一朵綠色大玫瑰，看起來像是過於豐腴的婦人，最適合醃製酸菜及長年菜。近來甚爲流行的「刈菜雞」就是這種捲曲似駝的芥菜切塊和雞肉煮湯。

刈菜雞的作法類似長年菜，只是芥菜雞不能煮得太爛，長年菜則因取其長壽，所以，整片葉不切成段燉煮。芥菜雞因爲要吃其鮮嫩，所以，要保持芥菜的鮮綠，通常只要稍熟軟即可；長年菜是以過年時煮雞煮肉的大鍋湯汁熬煮，在除夕圍爐當天，阿嬤要我們整片葉子吃下，表示長壽，若再吃韭菜，那麼人生就是長長久久，不過長年菜和韭菜並不吸引小孩，尤其在面對整桌的大魚大肉，長年菜總是剩最多的年菜，經常一熱再熱，但大人們尤其是媽媽輩總會把它們吃光的。

小時候不喜歡吃長年菜，因爲苦苦的，更不喜歡一熱再熱的長年菜，綿爛、味苦，只有母親和伯母好似吃不膩。年長成家爲人母後，終於能體會母親嗜吃長年菜的背後因素；那個年代，媳婦的日子十分難爲，能吃一頓飽就算幸運，哪還能挑食，尤其是剩菜，理所當然是媳婦的「專利」。從小母親就很少訓示我該如何當個女人，更不曾要我學做飯菜，她認爲讀書才是我主要的事，我想身爲女人的苦她幾乎都嘗過，年輕便和傳統纏鬥，形勢比人強，母親幾乎沒有勝算過，和伯母比起來，在阿嬤的眼中，母親是個不乖巧的媳婦，日子就更不好過。我結婚時，是女性運動伊始，比起母親我有更多的選擇和自主權，然半封閉半開放的社會，父權和男性沙文主義仍不時的困擾著，我終於了解母親一路走來的辛酸和痛苦。

然而，再怎麼自主，多數的女性最終還是會「嫁出去」，如剪斷連著母體的臍帶，和「娘家」雖是血脈相連，卻是另一個家的成員，甚至漸行漸遠。

脫離母體，飛奔出去的生命，女人比男人更驚險，更缺乏自主性。極少男人需要在岳家過除夕，卻有極大多數的女人必須在婆家過年圍爐，尤其新婚第一次的年夜飯，有著邊緣人的感覺，一邊已退出，一邊又尚未融入。

第一次在婆家過除夕圍爐，照例也有長年菜，但是婆婆的作法卻不太相同；切斷、燙過水，一包包的放在冰箱，每日用煮過雞的湯汁熬一下。不僅是長年菜不同，其他的圍爐菜也不一樣，不知是口味的不同，或是新婦的心情，那次的年夜飯食不知味，突然想念母親的長年菜。當我一次又一次的挾著長年菜，婆婆還以爲我怕生不好意思下箸，老是催我挾肉。雖然，婆婆的長年菜做起來沒有母親的好吃，雞湯汁不夠是因素，再則也因爲燙水過又在冰箱存放，少了苦味，同時也就減損回甘，然而，比起其他的年菜，卻是我最能接受，也最貼近的菜食。也正是在咀嚼長年菜時，我彷彿嚼出了母親和婆婆那輩女人的心情。

不知是誰發明長年菜，看似迷信，卻是十分的科學；因年節必備整隻雞、整塊豬肉用來祭拜，從除夕到年初五，需要的則是數隻雞、鴨和數塊豬肉，燙煮過的這些油膩的雞湯、肉汁最是適合芥菜來吸油，芥菜的纖維質高，正合適搭配大魚大肉，據說芥菜還有退火、降血壓的功能，的確是年節豐盛魚肉的好搭檔，同時也非常合乎養生觀念。

婆家和娘家相隔甚遠，需繞半個台灣島，自結婚後就沒有準時在年初二回娘家，也從那時起再也沒有嚐過母親的長年菜，也幾乎忘了母親拿手的年菜。這些年來，母親也不太作興再煮長年菜。她說，沒人愛吃。我也不做長年菜，現在小孩，生活是甜的，他們無法了解苦後回甘的感覺。然而母親的長年菜，卻年年的除夕在我心底烹煮，滋味一年比一年濃稠，也一年比一年甘醇，芥菜的苦味，隨著記憶，逐漸消散。

人生如芥，似草的生命終究也可以隨遇而安；女人猶似芥菜，不管清炒、醃製成酸菜，或是，甕裡的覆菜，由苦澀轉酸、變鹹，再呈甘醇，女人總是在這樣的轉折中，活得有滋有味。

竹筍

歹竹與尤物

我經常聽到支離破碎的耳語。每當風吹拂過竹林，我告訴母親，竹葉說話。母親說我耳鳴。那年我剛要讀小學，我趴在窗口望著後院的竹林，我確定，竹林正和風在對話，風咬著竹葉的耳朵，喃喃耳語，細碎不清楚。

後來堂哥告訴我，竹葉不會說話，是竹篙鬼在說話。

竹篙鬼的出現從那叢竹子倒下來開始；阿祥家的竹林不知爲什麼突然倒下來，橫在小路中央，堂哥說這是竹篙鬼，不能跨過，只要小孩跨越，竹篙鬼會馬上起身，無限長高，舌頭也愈伸愈長。我們都沒有見過竹篙鬼，也沒有人敢跨越它。我很佩服阿祥他爸爸，兩三下子就砍斷清除那些倒塌的竹林，手腳麻利的把一群竹篙鬼收拾乾淨。可是隔壁的阿富卻說，竹篙鬼躲到土裡去，竹子倒了，就是它復活了。阿富活靈活現的說著，彷彿他曾見過。

父親拿著鋤頭扒開泥土挖出竹筍，我跟父親說，這是竹篙鬼的兒子，父親拍了我的頭：胡亂講，這是竹筍。

我很喜歡跟著父親去挖竹筍，感覺就像打擊魔鬼；竹筍挖掉了，就不會長出竹篙鬼了。我也喜歡圍著大人剝筍殼，等待最後被折斷的筍尖，拿來當扮家家酒的注射針筒，這樣當起醫生才有模有樣。

阿富最怕竹篙鬼，也最討厭跟我們到竹林裡玩，但他卻是最愛吃筍湯。他們家的竹林比我們家要大上一倍多，挖的竹筍多得讓我們羨慕。所以阿富吃筍湯是用碗公，結結實實的填滿了筍片，有時還有大骨。我總覺得阿富是吃筍湯長大的，因爲我們這一群小孩就屬他長得最白、最壯，像筍片一樣。我常笑他是竹篙鬼養大的。

所謂後院，是一塊田地，阿公說土質不適合種稻，於是有了竹林。兩排的竹叢分得很開，好讓竹林有適度的空間生長。在竹叢與竹叢的間隔，都植了芭樂樹，林子最裡面，養了許多的鴨和雞，有時也有火雞和鵝。幾乎每一家的竹林都是這個樣子。阿公說，這是空間利用。我曾經以為，芭樂和竹子是兄弟樹，必須長在一塊。

夏日午後，伯母和母親會在竹林裡劈柴薪，順便整理林地，清除枯死的竹葉、絲瓜藤，摘去攀爬滿地肥厚的南瓜葉，挖清一條水路，讓滂沱的雷雨流洩。唯有這時候，我們才敢在竹林裡玩捉迷藏，一耗就是整個下午，一點都不用擔心竹篙鬼。

文人雅士認為竹是悠閒、是操守的代表。早期台灣農業社會，竹子是忙碌的，因它要變出錢，變出工具，還要變出吃食，忙碌得沒空和文人雅士打招呼。

那時，多數農家都會在後院或田地種些竹子；有了竹林心裡才踏實，竹林像個魔術百寶箱，吃的、玩的、用的都是從竹林裡變出來。絲瓜、黃瓜、瓠仔的架子是粗竹枝搭的，斗笠是竹葉編的。母親說，我小時候睡的床，弟弟的第一輛小三輪車、阿公的躺椅、伯母縫衣服的小凳子、阿嬤手上的扇子全都是竹子編製的，阿金家的牆壁也是竹棍糊上泥土的土角厝，就連母親打我們的「秀紗仔」也是細竹枝。

侯孝賢的電影《童年往事》，主角家中的家具全都是竹製，一來是便宜，再則若有一天「反攻回大陸」，這些竹製家具扔了也不覺可惜。竹子在五、六〇年代，是必需品，也是消費品。

除了用具，竹林裡也會變出許多吃食，竹葉包的粽子，不同的竹葉包著不同的粽子，桂竹筍的葉子包的是肉粽，痲竹筍的葉子包的是粿粽和鹼粽，五月節最常見的是吃粽子配筍湯。夏日午後雷雨之後，竹林裡還會長出一朵朵的雞肉絲菇，及爬滿一地的蝸牛，鴨和人都因此加了一頓豐盛的菜餚。難怪，阿嬤說，一座竹林值得一牛車的嫁妝。

我可是不要一群竹篙鬼來陪嫁。我很慎重的告訴阿嬤長大後我不要竹林當嫁妝。每次經過竹林，我總是拚命的跑，深怕被竹篙鬼遇到。

長大後，確定沒有竹篙鬼，我還是不喜歡竹林，尤其冬天，寒風吹過，整座竹林像嚶嚶泣訴，潮濕的林子陰鬱得令人發愁。還有，竹林總讓我想起阿富，高中剛畢業，阿富客死他鄉，打工淹死在八斗子。他的父親雇了一輛大卡車，用冰塊鎮著阿富走蘇花公路回花蓮；阿富最怕的竹篙鬼沒有找上他，倒是讓水鬼給纏上，泡過水的屍體愈發的蒼白、浮腫，像是醃泡在桶子裡的桂竹筍。

當村子裡陸續有了割稻機、耕田機、插秧機，竹林也逐漸變成一棟棟的公寓，在母親連粽子都是市場買的之後，村子裡再也找不到竹林，沒有竹篙鬼的傳說，風直接拍打在水泥牆壁上，粗暴沙啞。我竟然懷念那座陰鬱的竹林，風和竹葉溫柔的對話。和母親提及竹林，母親說那時種的是麻竹筍，煮湯最好，烏腳綠（烏殼綠竹筍）最適合涼拌。母親對竹林的回憶就剩下美味的筍食。

文人雅士似乎都愛竹，愛其逍逸、挺拔，還有愛其氣節，我想，這樣的竹，應該是孟宗竹或觀賞用的石竹類，如果植一園的麻竹筍，恐怕蘇東坡也寫聊齋了。無竹令人俗；蘇東坡愛竹有名，然而十分懂得吃，蘇東坡愛的也許是筍，不是竹；蘇軾初到黃州寫下了「長江繞郭知魚美，好竹連山覺筍香」，另外「蕭然放箸東南去，又入春山筍蕨鄉」。好竹連山或是入春山，蘇東坡掛意的是能否一嚐筍香，至於俗不俗吃飽以後的事。

愛竹的人還有鄭板橋，有多首跟竹林有關的詩，也以畫竹知名，甚至賴此爲生。生活一直艱困，即使擁有一片竹園，畫竹、寫竹，鄭板橋卻鮮少提及筍香。或許生活艱困，菜食中可能只有筍，日日食，大概食膩了，所以眼中的竹就只是竹。

張潮的《幽夢影》盛讚「筍爲蔬中之尤物」，也眞難怪母親和蘇東坡看到一林的竹子想的是筍香。凡人及雅士大都難抵筍的召喚。即使六根清淨的僧人也不例外；傳說「佛跳牆」這道美食曾誘得僧人越牆違忌。筍，也是僧人的最愛，既不用越牆，又不違俗越禁，且種竹既經濟，也是雅事，一兼數得，無怪乎宋朝僧人釋贊寧寫了《筍譜》，可見筍之魅力。筍的美味，也騷動病痛臥床多時的母親，迫使兒子雪中大哭三日，冒出孟宗筍（冬筍），讓病中的母親嘗鮮解饞。

筍因不同品種有不同的料理方式，《毛詩草木鳥獸蟲魚疏》：「筍，竹萌也，皆四月生，惟巴竹筍，八九月生……鬻以若酒豉汁浸之，可以就酒及食。」《膳夫錄》也有「食次有筍羹」，這兩者看來都是醃漬的筍食，袁枚《食單》中的筍的作法也是醃漬，蘇東坡「好竹連山」的筍香指的則可能是鮮筍。因為生長時節、氣候及品種關係，在台灣最常見的是煮湯，或是炒桂竹筍，而早期可能是救荒的筍乾，現在則是佳餚美食。

農業時期，台灣重竹甚於重筍，竹較有經濟效益。富裕後的台灣人從地底下的筍吃到半天高的檳榔心「半天筍」，少見的「甘蔗筍」。「寶變為石」，竹的身價遠不如前，除了筷子等小用品，最大的用途大概是建築工地的鷹架，再則是觀賞用的手工藝品。

「新筍已成堂下竹，落花都上燕巢泥。」筍破土成竹，竹生筍，有竹的滋蔭才有筍；台諺有「歹竹出好筍」，說的是不成材的父母竟然也能有頭角崢嶸的子女。其實這一句諺語對筍或是對天下父母不盡然是對的。竹叢愈是長得乾瘦，筍子則愈見肥美，因為竹叢吸收的養分少，自然滋養到幼筍。挖筍的人都知道歹竹叢反而可以挖到肥嫩鮮美的筍子。不管貧困或富裕，父母總是想盡辦法把最好的留給子女。母親相信這是千古不變的事實，她告訴我一個魚頭可以證明；一位寡母獨力扶養兒子，日子艱困，難得有魚上桌時，母親立刻把魚頭挾到自己的碗裡，魚肉給兒子。當兒子成人後有能力養家，天天買魚，也每每把魚頭留給母親，幾日後，母親再見魚頭於是掉淚，兒子不解問母親何以落淚？母親說：以前貧困，自己餓肚子也要你多吃一口，現在你卻日日以魚頭養我。兒子不解的說：您不是最愛吃魚頭？粗心的兒子當然不解母親吃魚頭的苦心。

　　絕大多數的父母大概都是如此吧，「歹竹」只是希望子女長得更好。

中壯輩的我們幾乎都是「歹竹」省吃儉用，養大栽培的。

高麗菜

玉蔓菁

像一道極細微的縫隙，透過這線縫隙，我看到世界很大，路很遠。

在我還不認識字時，我就知道有個國家叫韓國。那時，還沒有電視，我家也沒有報紙，父親看報紙還得到隔壁村長家，全村大概不超過五份報紙，我們祖孫三代，一大家子，唯一的電器品是一台收音機，阿公阿嬤用來聽歌仔戲，伯父和父親聽新聞，母親偶爾聽流行歌。

父親告訴我，有個國家叫韓國，不厭其煩。

在我讀國中以前，父親就像一部字典，我的疑問他幾乎都能回答。尤其在演算雞兔同籠時，父親認爲再簡單不過，我卻陷在雞兔怎麼會關在一起，腦袋像塊石頭，硬是打不開。

父親說，高麗菜是從韓國來的，我深信不疑。

每年，伯父和父親都會栽種一大片高麗菜，一來可以賣錢，又可以當菜食，曬乾還可以以備不時之需。這一大片高麗菜就像一線縫隙，爲我打開世界之窗。

從我會走路之後，若不寄住外婆家，父親會把我帶到田裡，放在陰涼的樹蔭下，這樣他和母親才能安心的工作。關於韓國，我就是在樹蔭下聽到的，高麗菜也是我人生最初的蔬菜。

雇工把一擔一擔的高麗菜放在樹下，父親拿起一顆，對我說：這是高麗菜。是我喜歡的蔬菜之一，因爲它很甜，又不像其他的蔬菜有草的味道。

我會跑會跳，也會到田裡幫忙把割下的高麗菜放進籃子裡，父親指著一顆顆綠色的菜球說：它是高麗菜。我說我知道。父親說：不過妳不知道有個國家就叫高麗，現在的名字是韓國，以後，妳讀書就會讀到。韓國，這個名字對我其實是沒有意義的，我最遠只到過隔壁村，是父親帶我去看病。我想，韓國，是診所嗎？

再過一年。一日黃昏，父親把兩簍的高麗菜疊在腳踏車的後座，綑妥繩索。我知道他要載去果菜市場。他拍拍那兩個竹簍說：這是高麗菜。我說：有個國家就叫高麗，現在的名字是韓國。我問父親是不是要載去韓國？父親大笑。「韓國很遠很遠，騎車子不能到，要坐船、坐飛機。」船，我看過，端午節父親帶我去花蓮港看划龍舟比賽，港口附近停了幾艘比房子還大的輪船。我也看過飛機，一小塊灰色的東西在天空放出一長條白色的雲。我想韓國是一個很厲害的地方，上天下海才能到。

我急於打開窗扉，因爲，外國比隔壁村要吸引我。我想，入學是我觀看外國的窗口。

剛上小學的第一個學期，除了注音符號，我找不到什麼是韓國，當然也沒有高麗菜。我問江幼玉老師「韓國在哪裡？」我說的是台語，老師一頭霧水。我想等我練好國語再問老師。下學期的開始，每星期，母親要我帶兩顆高麗菜給老師。因爲，江老師曾經是母親的老師，接著是舅舅，現在是我的老師，後來，又成了弟弟的老師，母親經常要我帶一些當季的菜蔬給江老師，就像女兒對待娘家般。我指著高麗菜：「有個國家以前叫高麗，現在叫韓國。」江老師終於聽懂了。不過她一手拿著高麗菜，一手摸我的頭說：「妳媽媽很可惜，她應該去教書的。」望著江老師的背影，我有些失望，她沒有回答我的問題，我還是不知道什麼是韓國。

當電視搬進家裡的和室時，我已是五年級的學生，這之前在隔壁阿公家看了一年的電視布袋戲「雲州大儒俠」，電視新聞只有父親與伯父看，其他時間是關機，而且還上鎖，所以我知道有史豔文，有中原，當然，還有萬惡的共匪，韓國，依舊是個謎。和室裡的電視沒有上鎖，母親說，只要做完功課就可以看電視，可惜下午沒有電視節目。有時晚間有外國影集「青蜂俠」，李小龍尚未成名的作品。也許有了美國影集，我逐漸不在意「韓國」，而對「外國」也愈來愈有具體的定義。

有了「外國」的觀念，我開始嚮往出國。我問父親，怎樣才能出國？對於從未出國，甚至整個村子除了上一弄彭家的兒子到非洲當農耕隊外，沒人出過國，父親有些爲難的看著電視新聞上的蔣夫人說：有三種可能，一是妳長大後也當總統夫人，二是當記者，三是出國留學。女生不能當農耕隊，因此，面對十一歲的女兒，父親很難說服自己，這個女兒將來有機會出國。所以，父親總是安慰我，出不出國不重要，念書比較實在。

初識英語，同時也開始著迷英文歌曲，當然，也只有美國歌曲。心態上，韓國不敵美國。和韓國正式照面是一頁文字，不在地理，是歷史；殷商，箕子避難於朝鮮。朝鮮人，扶餘人之別種。漢以前曰朝鮮，漢末扶餘人高麗氏據地改國號為高麗，也稱高句麗。

突然有氣餒的感覺，懸念已久的「外國」，竟然只是避難的族人？

找到了高麗，但是沒有高麗菜，我翻了三本字典就是找不到高麗菜。我不知道高麗菜原來真正的名字是甘藍。高麗菜怎麼來的？

一直到高中，我對韓國不再有特別的綺想，新的好奇是「板門店」，三十八度，那條跨越「人間地獄」的緯線，如一堵柏林圍牆，一個台灣海峽。唯一的困擾是，我還是找不到高麗菜的由來。倒是父親改行做大理石生意，逐漸淡出農田，到後來，連高麗菜都是在市場買的，母親有種賣出去的東西再買回來的感覺。

來台北念書，最早租屋在汀州路三總附近，每到入夜有個攤子專賣煎餃，由一個婦人負責，她說她是韓國人，的確講著不甚流利的國語，不管買多少煎餃，一定附送一碟子的韓國泡菜，嗜辣者還可以跟她多要，有時我都忘了我是來吃煎餃還是韓國泡菜？雖然愛吃韓國泡菜，卻有一點不能理解，爲什麼泡菜不是用高麗菜？韓國婦人一臉無辜的回答我：高麗菜是廣東人做泡菜用的？還有一點邏輯上的問題；沒看過韓國，卻先在台灣見到韓國人。我只好拿阿嬤常說的：「不識吃過豬肉，也看過豬走路。」來說服自己。

終於，確定高麗菜和韓國無關，但是和韓國人有牽連。

高麗菜，正確的名字是甘藍，十四世紀由歐洲傳入中國，荷蘭占據台灣時引入栽種。最早的台語叫法是「芥藍」，董天工的《台海見聞錄》關於台灣的蔬菜，提到「番芥藍」，「番」意指由國外引進的蔬菜。「番芥藍似菜葉藍，其紋紅，種久蕃盛，團結成頂，層層包裹，彩色照耀，一名番牡丹。」這裡的番芥藍指的應是目前用來當作生菜的紫甘藍。而文中也並未提到究竟是生食或熟食。可以猜測的是，綠色的甘藍在當時可能還不普及。至於高麗之名的由來，一直沒有確切的根據，相傳一則有趣的傳說；日治時代，日本人覺得台灣的氣候適合栽植甘藍，並且甘藍易於貯存及運送，鼓勵台灣人種植，然而，台灣人初始並不喜歡這種有怪味道的「大白菜」，種植的意願不高，於是日本人特別找了幾個高麗人沿街表演特異功夫、雜耍，還強調吃了甘藍就會像高麗人擁有強壯的體力和特異功夫，於是有了高麗菜之稱。是眞是假不得而知，也有可能是「芥藍」因台語的走音、諧音成爲「高麗」也說不定。

諸橋轍次的《大漢和辭典》，甘藍，野菜名，又名藍菜、椰菜、玉蔓菁。《農政全書》北人謂之擘藍，《山西志》謂之玉蔓菁，都沒提到高麗菜一詞的由來。《群芳譜》，擘藍一名芥藍，葉色如藍，芥屬也，南方謂之芥藍菜，可擘食，故北方謂之擘藍，葉大如菘，根大於芥。《本草拾遺》，甘藍，西土藍，闊葉可食。在在可證明高麗菜的確是舶來品，但與韓國無關。不管是擘藍、甘藍或是芥藍，台灣民間都叫它高麗菜或玻璃菜。擘食，撕剝了即可食用，也就是可生食。然而，過去，在台灣高麗菜幾乎都是熟食，很少生食；剛結婚學做菜，母親示意炒高麗菜準沒錯，因爲不需要火候，無需技巧，熟或不熟的高麗菜都好吃，即使十分挑食的人，對清甜的高麗菜，恐怕也難挑嘴。現在有各種甘藍，甘藍嬰、紫甘藍，甚至，連插花的葉牡丹，其實都是屬於甘藍類，都是舶來品，來自世界各國。

八〇年代進入九〇年代，彷彿有火箭在後頭逼催，進展特別的快速，變化快得令人瞠目結舌。台灣掀起一股出國狂潮，沒出國者竟是少數。時代變了，不必當總統夫人，無須是記者，也不必是農耕隊，或出國留學，即使阿公阿嬤隨時都可以出國，這恐怕是當年栽植高麗菜的父親絕對料想不到的。

猶似一片一片被剝葉的高麗菜，台灣愈見精緻。

坐在院子望著母親栽種的小菜園，特別喜歡還植在土裡的高麗菜，一顆顆宛如「玉蔓菁」；翠綠未被剝去的外葉，沾著泥土和露水，一股強勁的生命力。總是讓我想起五、六〇年代，那個封閉，卻是淳樸的農村。雖然，我終於知道，高麗菜和韓國無關，可能只是一則牽強附會的故事，然而，這個美麗的誤解，卻如一枚鑰匙，爲我開啓一扇窗，一扇探知世界的小窗口。

在母親特別闢種的菜園，我對著賴在我身上五歲的姪女說：那是高麗菜，有個國家叫韓國……。

采采卷耳

采采卷耳，不盈頃筐
嗟我懷人，寘彼周行
陟彼崔嵬，我馬虺隤
——《詩經・國風・卷耳篇》

她們喜歡坐在街口的大水泥石塊上。水泥石旁是一座高聳的鐘架，村子裡有事，村幹事負責拉鐘警告，噹噹清脆的聲響幾乎淹蓋整個村落。幾年來，我只聽過三次鐘響，一次是新村的婦人被卡車輾死，那是光復後，二十多年來第一次重大車禍；一次是弟弟的童伴張阿豪家半夜焙菸葉引起火災，火勢強大還夾帶炮彈爆破的聲音，那次造成張阿豪家大大小小死了七人，不包括他小姑姑腹中的胎兒。失去妻子又惹上私藏彈藥，張阿豪的軍人姑丈在三軍公墓入口處旁的相思樹上吊，至於爲什麼私藏彈藥，成了一樁無頭公案。第三次鐘響是村裡有史以來，也是唯一一次的村辦康樂活動。

我覺得那是一座不祥的鐘架，我不喜歡鐘架還有一個原因，令我討厭的理髮店就在鐘架旁。

她們卻喜歡坐在那裡，朝著熟識的人打招呼。

一黑一白，一胖一瘦，強烈的對比，她們卻形影不離，活像勞萊與哈台。她們是我小學三年級的同學，至今我還記得她們一個叫唐玉年，一個叫曾阿妹。

她們是原住民，那時，稱爲「番仔」，住在村裡最邊緣，有點像美國的黑人住宅區。白壯的唐玉年是屬於太魯閣族，她的阿嬤還文面；黑而精瘦的曾阿妹是阿美族，很會唱歌，可惜得不到老師的讚美，因爲她的成績幾乎都是最後一名。唐玉年很安靜，最常見的語言是微笑，曾阿妹有點聒噪，在學校卻像個啞吧。她們是我的好朋友之一，我母親也喜歡她們，因爲就在大水泥石塊上，她們朝我問：「妳跟妳姊姊要去哪裡？」我說不是我姊姊，她們也不等我回答完緊接著說：「喔，妳大嫂。」

母親樂得嘴闔不攏的主動回話：「我是她媽媽！」母親特意問我她們叫什麼名字。

好幾次，唐玉年邀請我去她家看果子狸，以報答我把算術作業讓她抄。我一直不敢去她家，害怕她阿嬤念咒。我曾偷偷的經過唐玉年及曾阿妹的家，那裡被我認爲是禁地，我半跑半走，大筆一揮似的瞄了幾眼。那一區幾乎住著百分之九十的原住民，百分之十是單身的「羅漢腳」，房子是稻草屋及少部分的鐵皮屋，很小很暗，屋前只有小小一塊的泥土地，不像我們屋前一大片水泥地的稻埕。

我很好奇，那麼小的泥土地如何曬稻穀，母親說他們不種稻，不用曬穀子。每間屋前都散置幾個籐編的竹簍，裝著幾種像草的植物。我沒看到果子狸，也沒有羌或鹿，幾個老人閒坐在屋簷下，沒有表情的看著我。有好幾個文面的老人，我認不出誰是唐玉年的阿嬤。

等我逛到街口的水泥石塊時，曾阿妹和唐玉年又坐在那裡哼著歌。曾阿妹給我一把「黑鬼仔菜」深紫色的小果子，酸酸甜甜的，深紫色的汁液染了一整嘴，我們互相取笑對方是沒牙的老婆婆。

黑鬼仔菜，學名龍葵，也叫黑甜仔菜。整個村子除了原住民，大概就只有母親會拿來做菜，阿嬤每次都嘲笑母親「跟番仔同款」。母親懂得很多的野菜，她說空襲疏開到山區，餐餐都是雞腸菜、過貓（蕨類）、昭和草、山茼蒿、刺莧（野莧），「好吃嗎？」我興奮的問。「沒油沒腥的，怎麼會好吃。」母親只願拿黑鬼菜和過貓做菜，其餘的，她說像草，有什麼好吃。

是生命的本質吧，稚齡嘻鬧的年紀，我總是安靜，亮麗的青春年華，我選擇了黯沉顏色。除了苦瓜，小時候我偏挑有苦味的菜吃，芥菜、苦A菜都帶苦澀，多半小孩是不吃的，黑鬼仔菜苦，且有點草腥味，我卻愛喝它的湯、嚼它的葉，微苦的汁液滑過喉嚨，泛出淡淡的甘味。沒吃過什麼苦，也不識愁，這樣的嗜好，母親老認爲是不是我幼兒期藥吃多了，以苦爲樂。

我喜歡一個人「遠征」採過貓，那時蕨菜還沒有人種植，都是野生的，以水溝旁或山腳下，或是人煙少的蘆葦區，幸運點一處就可以採足一碟的量，通常都是要一處換過一處，耗費大半個下午才有一大盤。手上抱著一大把的蕨菜，我有幸福的心情，彷佛已成熟到可以掌中饋，負責一家人的吃食，自己的努力辛苦，終於有了斐然的成績。黑鬼仔菜就容易多了，菜園子裡常有，尤其春雨過後，葉片又嫩又綠，三兩下就是一大把。可惜，母親說，黑鬼仔菜性冷，只能偶爾吃。

曾阿妹和唐玉年知道我也吃蕨，很興奮的要給我蕨蔬，我卻拒絕了，一來我怕萬一被她阿嬤念了咒怎麼辦，再來，我喜歡獨自採蕨。採蕨的心情很難形容，是一種完成吧；稚兒的年紀很少能完成什麼，即使一個羽毛踢毽，一個小沙包，我都無法如同伴般手巧的完成，但是我可以獨自採蕨，我懂得如何分辨可以吃和不可以吃的蕨類，我很清楚在什麼地方可以找到最肥嫩的蕨蔬。每一次決定要採蕨，我都是帶著堅毅的表情，而且不透露任何口風，免得有人和我分搶，以及母親的阻止。

蕨的生長地區，常有蛇、蜈蚣、蜥蜴和毛毛蟲，還有可能碰到專門騙小孩的鳳陽婆及山上的魔神仔，雖然母親屢屢勸告和責罵，家裡又不缺蔬菜，甚至也有過被蛇追的經驗，我還是樂此不疲。有時，著了迷似的，鎮日遊蕩荒郊野外，爲的就是採蕨。

水澗邊，有日照的地方，蕨蔬長得矮，顏色呈綠黃，兩排的蕨葉舒展，像是小芭蕉扇，這樣的蕨是老的，山坳或芒草林內的蕨蔬，長年照不到陽光，蕨是墨綠色，高而肥胖，幼蕨則如嬰兒握拳，彎勾勾的，還有茸毛，我最喜歡這樣的蕨，口感滑嫩，蕨味十足。一種感覺吧，唐玉年和曾阿妹都像蕨蔬；唐玉年像山坳的過貓，曾阿妹如水澗邊的扇蕨。

有一次，曾阿妹指著一叢有刺的小灌木，興奮的說：這裡也有「把把號」！我知道這種有刺的植物，長了許多綠或綠黃的小果子，酸澀無比，嘴饞時也會摘著吃，經常澀到張不開口，除非嘴裡淡得很，我寧可吃酢漿草，也不吃它。不過曾阿妹這麼一叫，我終於知道它叫「把把號」（學名菝契又叫山歸來，阿美族人稱 Vadal），它的樹蔭下常有蕨，像保護蕨似的，採蕨時總會被刺到。弟弟偶爾也會跟著我採野果解饞，不過究竟是男孩，喜歡的還是肉食，比較喜歡跟著堂哥烤筍龜、捉青蛙、蝗蟲。對於我的野採之遊，多半顯得興趣缺缺。

驚覺到童年的結束，不是小學畢業典禮，是唐玉年和曾阿妹不再出現在大石塊上。小孩子不懂得告別，或者沒有時間觀念，以爲隨時都可見面，就這樣我幾乎沒再見過她們。

剛取消不久的八年義務教育，整個暑假我幾乎玩瘋，唯一遺憾的是看不到曾阿妹她們。由於，父親無法事先幫我輔導國中的課業，也不作興補習班，我像脫去緊箍咒的潑猴。也許是父親知曉，我的童年即將結束了，放任我難得的盡興吧。

不知道爲什麼，唐玉年和曾阿妹並沒有和我們一樣升上國中，也彷彿從村子裡消失了，令我百思不解。母親說，她們可能到台北的工廠當女工，並且警告我，如果不努力讀書，也要送我去當女工。剛跨越童年的我，日子其實是混沌不清的，既不是小孩，也稱不上大人，彆扭得要命，沒人告訴我們那是青春叛逆期。雖然，同學中有一半是舊識，卻也有一半是隔壁村，以及少數市區的人。在一種非常尷尬的心理狀態下，急欲於擺脫鄉野的色彩，即使假日也不採蕨。ABC都不是很順口，就迷戀起西洋歌曲，鎮日嘴裡哼個不停，自命是家裡的「知識分子」，那些野菜都是鄉下人以及小孩子的玩意。

高中念的是花蓮女中，就在市區中心。已然脫去一身野菜味道，白衣黑裙，背著藍色的陰丹士林布製的書包，儼然是個小知識分子，也久不知蕨菜的味道。

再一天就要寒假了，我疲憊的靠在車站的柱子等車。一個漂亮，並且摩登的小姐，朝著我微笑；白色窄管的喇叭褲，緊身的襯衫，蹬著一雙恨天高的高跟鞋。無疑的，我確定她剛從台北回來過年。等到她走到我面前，我才認出，她就是曾阿妹，一隻蛻變後的天鵝！我們一起搭車回家，她的確在淡水一家工廠做工。她說，台北很熱鬧，她還告訴我唐玉年結婚了，生了一個小孩。過完年，她又要去工廠上班，她很快樂的對我炫耀，做事比讀書好玩多了。

那是，我最後一次見到曾阿妹。

蕨，山野的菁蔬。繁華落盡，才再度驚豔蕨的美。

再見蕨蔬是十數年後，野菜竟成了都市的時髦食物。

十數年前，花蓮縣首創「黃昏市場」，以原住民的特產最具特色，所謂特產就是原住民日常的食物。都倫，阿美族人的麻薯，藤心可以燉排骨，當然也有蕨，有龍葵，還有昭和菜、山蘇（鳥巢蕨）。除了麻薯，其他的野蔬幾乎都有個共同性，就是略帶苦味，而且退火。母親認爲原住民的歌喉特別嘹亮渾厚，是因爲這些野蔬的緣故。

每次回花蓮，我特意流連黃昏市場，除了再一睹野菜外，有一份潛藏的心思，然而三十年的睽別，紅顏漸老，記憶褪退，如何勾描那個採野菜的小女生？

原住民歌手紛紛走紅，看著螢幕上的張惠妹，我想曾阿妹早生了一、二十年，在那個不屬於他們的年代，他們沒有舞台，離開山野，卻跌落在都市淵藪。

野菜，從鄉野流傳到都會再回傳鄉村，愈是鄉野愈講究原味；台東初鹿鄉，一整條公路沒有幾戶人家，我們落腳在一間鐵皮搭建的小店，原住民夫妻經營的小食店，小魚乾炒山蘇、蒜爆昭和菜、龍葵、蕨、麵包果（巴吉魯），全都是野菜。我爲在座的人一一的解釋著野菜的名稱，甚至烹調的方式，也彷彿一步步溯回那段摘採野菜的日子。

「呦呦鹿鳴，食野之苹。我有嘉賓，鼓瑟吹笙……呦呦鹿鳴，食野之芩。我有嘉賓，鼓瑟鼓琴。鼓瑟鼓琴，和樂且湛。我有旨酒，以燕嘉賓之心。」

門外的庭埕一群小孩嬉戲。清甜的小米酒在舌尖散發，暮春，暖風從路的那一頭吹來，恍惚中，我聽見曾阿妹嘹亮的歌聲。

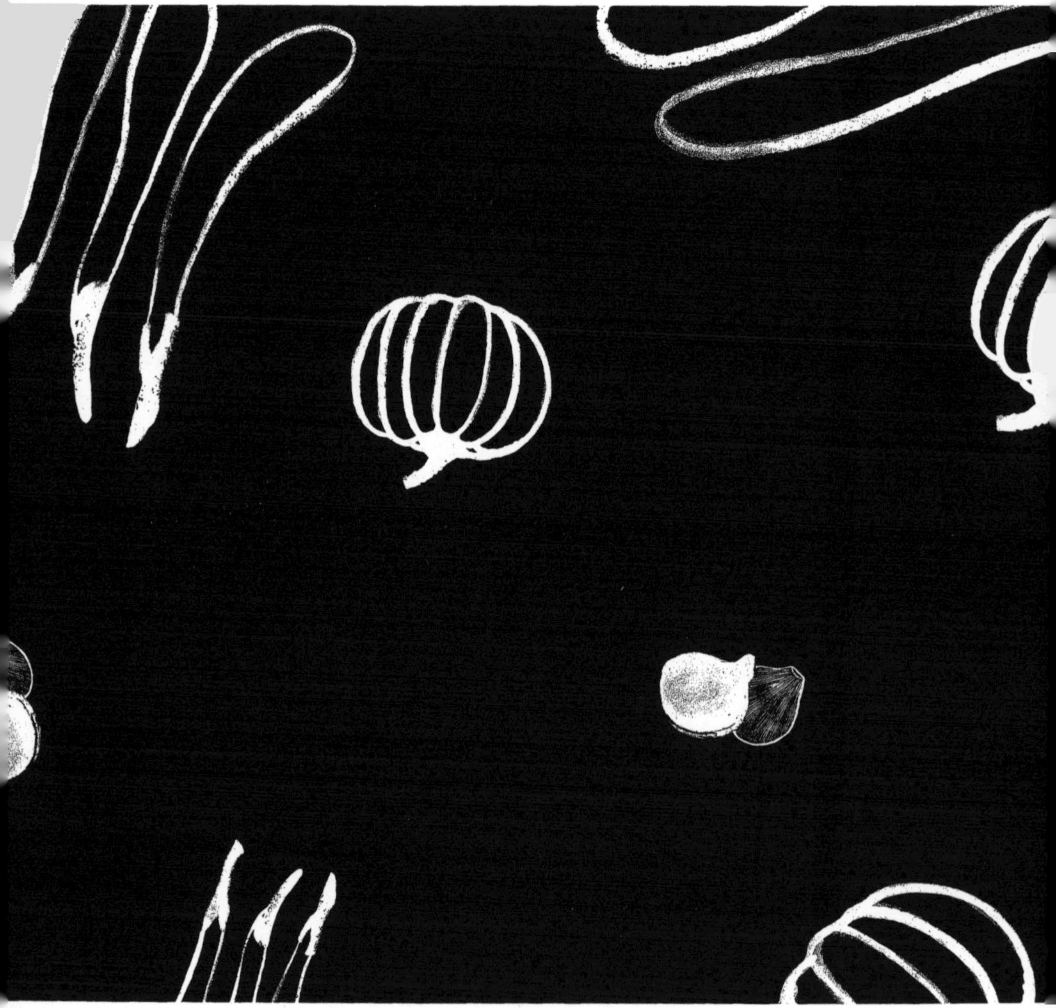

卷貳

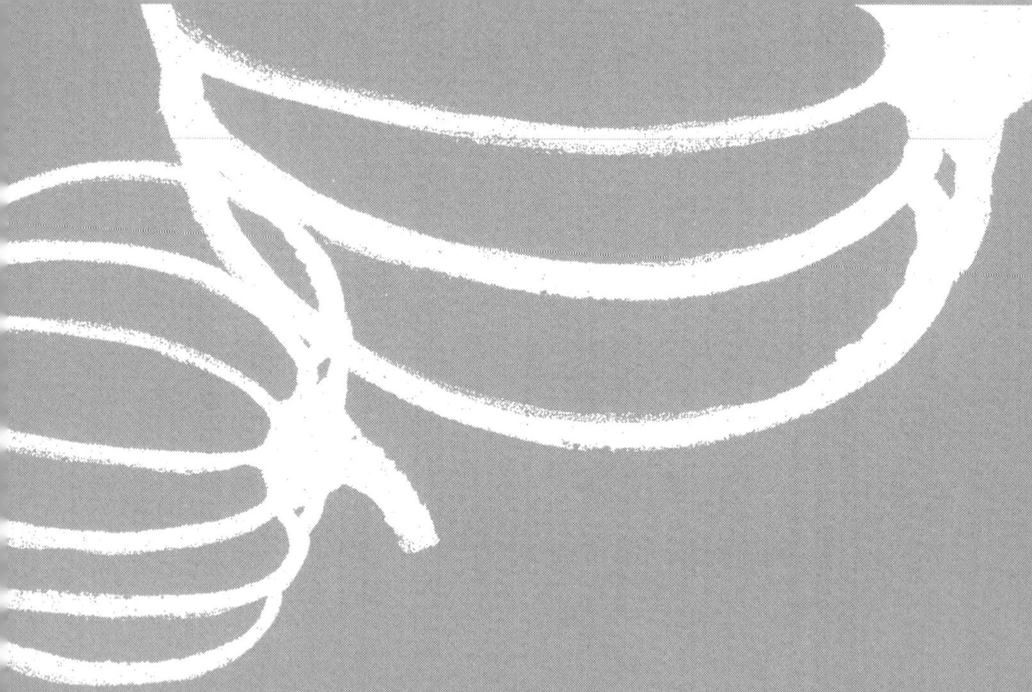

草

從未現身的魔法師

童話中提到植物的不多；《灰姑娘》中的南瓜變馬車；《傑克與豌豆》中巨大的豌豆藤爬入雲霄巨人的屋宇；《萵苣姑娘》裡萵苣她娘懷孕時嗜食新鮮的萵苣，偏偏新鮮的萵苣得到鄰居的田園裡偷摘；萵苣之名因此而來，也因爲是偷竊行爲，在滿足口腹之欲後，代價是萵苣姑娘一出生就被關在塔堡裡。傑克爬上的豌豆過於巨大，給人恐怖的感覺，尤其在半夜，迅速竄伸的藤枝，令人毛骨悚然；至於，《萵苣姑娘》中，萵苣是禍首，再鮮嫩也顯現不出美感。因此，這三本童話故事中，我最喜歡《灰姑娘》中的南瓜，或許也是期待自己有一天來個大逆轉，一夜間變成公主。經過仙女棒的一指，破舊的衣裾成了美麗的禮服，小老鼠變身爲拉車的馬，南瓜幻化爲華麗的馬車，踩著精美的玻璃鞋，在舞會遇見英俊的王子。多數的少女大概都有過這樣浪漫的夢想，有朝一日醜小鴨變天鵝，來個灰姑娘的際遇。

然而，多數人都無法蛻變成公主或天鵝，那樣的戲劇性或奇遇只有在電影或小說中才會出現。當然最重要的因素，就是我沒有一個像樣的南瓜。

除了《灰姑娘》中有南瓜，西洋的萬聖節南瓜也是重頭戲，雕剔鏤空的南瓜燈，在夜晚顯得淘氣與鬼魅。

也許是因爲，「灰姑娘」、「萬聖節」的關係，南瓜，對小孩來說，是一種美麗而有綺想的植物，不是一般的蔬菜。

每個人心裡大抵都存在一個從未現身的魔術法師。

小時候，希望有神仙造訪賜我三個願望；那時，我第一個願望是，重新給我理想中的父母，不是只會嘮叨、責備的父母；第二個願望是，永遠不要有考試，雖然，每次考試我都是名列前茅，但是那是父親規定的分數；第三個願望是成富翁，讓父母親不要因爲窮困常常吵架。

當然，這三個願望都沒有神仙來幫我達成，我還是責怪我沒有一個像樣的南瓜。

沒有像樣的南瓜，如果有個水螺也好，至少可以像《搜神記》中，養在甕中的大田螺跑出個女人，或許她有些法力，可以改變我的現況。甚至，夢想撿到阿拉神燈，沒事坐坐飛毯。

我相信有神仙、法術，童年就在這樣的等待和企盼中度過。

年歲漸長，終於明白沒有神仙，但是對於灰姑娘的奇蹟，卻有強烈的渴求；灰姑娘有仙女幫忙，可以褪去黯污的衣服，煥然一新成爲一個出色的公主，有南瓜馬車、有老鼠變成馬，最主要的是有一雙玻璃鞋，憑著一隻掉落的鞋，贏來一場富貴的婚姻。我，一個鄉下農村的女孩，如何變公主？醜小鴨變天鵝，是基因、遺傳。而我的父親是個農夫，瓜生瓜的情況下，變公主的可能性不大，唯一的希望是灰姑娘的際遇。

可是我還是沒有一個像樣的南瓜。

也許父親年少因爲家境因素不能多讀書，對想讀書而又不能讀書的父親，那是一種殘酷的懲罰。所以，對於子女他最大的心願是「多讀書」，他也堅信「讀書」才是脫離貧窮和世代農夫的法寶，只有書才能變得出魔術。

讀書很辛苦，如果有個神仙就好了。我常這麼想。可是生活現實中，我還是沒有一個像樣的南瓜。我一直在尋找一個可以改變我的南瓜。因爲我堅信有灰姑娘的存在，下一個可能就輪到我。

年長，我知道沒有魔法，沒有神蹟，人生的舞會需要自己去尋找。好些年不再尋找神奇的南瓜。這個世上沒有公主，也沒有王子。

從小孩到成人，從學生到出社會，人生的路跌跌撞撞，每一次轉折，每一次危機都安然度過，以爲這是人生必經之路，和日出日落一般再平凡不過。

有一天，發現心中一直存在一個南瓜，它是午夜前神奇的魔力。

有了女兒，才知道父母的心境，才明白嘮叨和責備背後急切的盼望；而幼年的三個願望其實早已實現，竟然毫無知覺。

然而變化最多的恐怕是父親，雖然南瓜的神奇來得稍晚。

母親從桃園大弟家打電話給我，聲調非常興奮，彷彿發現了一樁大祕密。

「妳爸爸打電話問我怎樣滷肉和炒高麗菜。」母親的聲音帶著微微的羞赧和幸福。母親幫大弟媳坐月子，父親一來住不慣桃園，再來捨不得他老人館的朋友，和母親住不到一星期，急著回花蓮。父親和母親結婚四十多年來，始終是互相依持，父親一如早期農業社會的大男人一般，茶來伸手飯來張口。母親雖然很能幹，卻很膽小從來不敢一個人出遠門，都要父親陪伴。這次分開兩地長達一個多月，恐怕是最長久的一次。小弟媳清雪上班，平常都是母親打理家裡，這次父親單獨留在家裡，讓弟媳下班後急急忙忙趕回家做飯，深怕餓到父親。

也許不忍見到弟媳忙裡忙外，連上班都不得安心，也許一向傲骨的父親，不希望被當成等著吃飯，沒有用處的老人。

父親凡事都想DIY，他的人生哲學是，沒有學不會的事。從年輕到老，幾乎每一件家具都經過他的修改或變更用途。做飯，當然也是「學就會」。

父親決定要做飯。

現代男人做飯、料理家務並不稀奇，相對的一個七十歲，當慣大男人，連洗米都不知如何下手的超級大男人做飯，比南瓜變馬車還神奇。

父親每一道菜都不厭其煩的打電話問母親，母親半是懷疑，半是興奮的在電話中當老師教自己的丈夫做飯。

想起自己剛結婚，糖鹽莫辨，擺了幾本食譜，和母親的電話教導，終於可以整治一桌飯菜。

「不知煮得能吃嗎？」電話中，母親既高興又有些擔心。

我倒不擔心父親的廚藝，只是高興父親並沒有因爲步入老年，變得故步自封。我也堅信，往後父親會過得更快樂和自在。

有事到花蓮洽辦，順道回家。小弟到學校接我，途中，我問小弟父親是否學做飯？小弟神祕的笑笑，只丟了一句話：「變化太大了。」一進家門，弟媳已趕回來和父親正在廚房裡忙。父親專心的挑著敏豆。我從未見過父親幫忙挑菜，即使宴客，母親十分忙碌，也未見父親進到廚房幫忙。父親挑菜的身姿，雖然看來陌生，卻讓人覺得溫馨。只是，我還是很難想像父親拿起鍋鏟炒菜的樣子。

餐桌上，弟媳說，最近都是父親做飯，讓她過意不去，今日特意趕回來。

我看了父親，沒什麼特別的表情。突然朝我說：「妳下次回來，我煮飯給妳吃。」就像去年，他得意的跟我說：「我現在每天一早去晨泳。」

據說，不到一個月，父親的廚藝進步神速，母親歸功於她會教，父親則自誇聰明學什像什麼，每日早上來家裡小聚的老朋友一吃到父親做的米粉羹，一致說：跟你某的口味完全一樣。父親不只是學會做飯，許許多多原本母親日常做的事，父親都一一接手，讓弟媳能安心上班。

父親中年考汽車駕照，卻一直未開過車，爲了接送上小學的孫女，七十歲開始開車，慢條斯理的開車技術還遭孫女取笑。母親不在家的日子，父親幫孫女洗便當盒，安頓孫女洗澡、洗衣，還準備晚餐。母親半是得意，半是抱怨，年輕時父親怕人取笑，無論母親如何請託，就是不肯幫她替子女洗澡，連掃個地都不肯，誰知現在什麼都會做，而且還十分得意。

日前回家，告訴父親秋天以後重返學校，每星期將回去待個兩、三天，父親高興得要我放心，弟弟若有事不能接送我，他可以開車，雖然開得慢些。

我還沒吃過父親做的飯，也還沒坐過父親開的車，我卻是很欣慰，父親晚年生活的豐富。我想，父親心中那個魔術師已然甦醒，將有更多「不可能的事」是父親想做、會做的。

每個人都擁有最神奇的魔術師，不是書，不是南瓜，是自己，潛藏在心底從未現身的另一個自己。

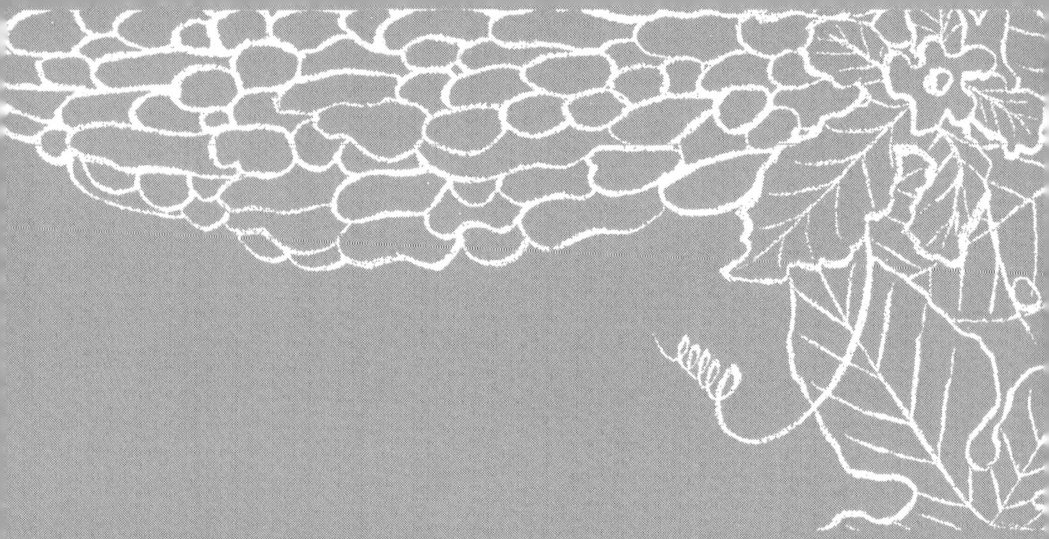

豈

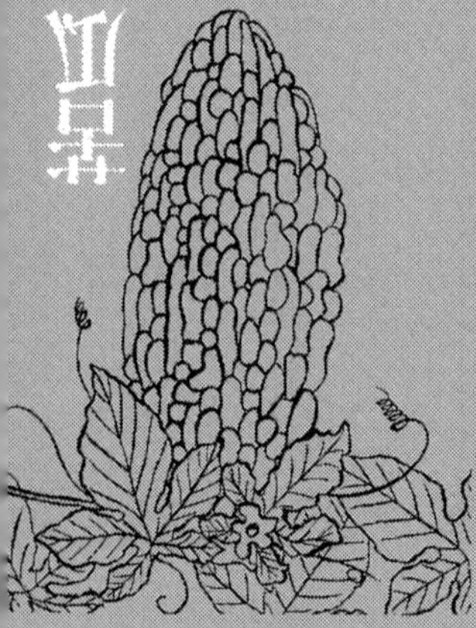

錦荔枝與癩葡萄

她們彼此仇恨對方，卻又依附對方的名節生存；曾經她們是妯娌，後來成了仇敵，互相看不起對方，她們苦一輩子，也仇恨一生。老天和她們開了一個玩笑，一輩子的鄰居，使她們有更多的理由不原諒對方。

小時候，以爲全天下的人都是親戚；從阿嬤的口中，幾乎花蓮縣各鄉鎮都有親戚可以往來。一年當中總有幾次，阿公阿嬤像驗收豐成，到鄰近各地做客，做客的緣由不外是當地拜拜迎熱鬧，或是親友的兒女結婚，甚至是孫子輩嫁娶，從阿公阿嬤做客回來連說個三天所見到的人名，我想，我們的親戚眞多。終於在大拜拜或叔叔、姑姑大喜時，我見到了一群外地陌生的客人，我知道這些人就是阿嬤口中的「親晟」，他們互相行踏。

所以，我們的鄰居，其實也幾乎都是親戚或姻戚，每個家族似乎都有一條線牽連著，整大落的鄰居就像一張網，糾結著各種情愫。

月令和阿緞是我們的鄰居，也是親戚，我叫她們表姆。阿嬤說很親，從鶯歌到瑞芳，再至花蓮，親族這條線一牽再牽，綿延百里始終沒有斷過。

月令和阿緞表姆完全不同的長相，不同的個性，從不同的地方嫁給一對兄弟，同時生了一堆的子女，兩個人的丈夫也同時在一次的礦區災難中過世。六、七個小孩，最大的不過七、八歲，如下階梯般，排列下去，最小的還在肚子裡。鄰親的這一張大網都關心她們將如何生活，當然，另一隻躲藏在幽暗中的眼睛卻等著看好戲。

一生不愁吃穿的姆婆彷彿曉知面相的下了定論：月令守不久啦，伊吃不了苦。長得白淨肥胖的月令表姆果然如姆婆所料，未幾便和鄰近的羅漢腳同住，沒幾年又生了三個小孩。羅漢腳也不愛做事，坐吃原本就薄弱的祖產，一下子就掏空，以債養債。

大的男孩送去當學徒，大的女孩到工廠做事；阿雲，我的玩伴，小時候背弟妹，小學一畢業連國中也沒得讀，就到台北新莊工廠當女工，背債務。命運和她的母親十分相似，早婚，丈夫車禍早逝，第二任丈夫游手好閒，出生在月令表姆的家，阿雲從小到年輕沒有享受過，中年又爲了不爭氣的丈夫吃足苦頭。阿嬤說，命若是苦瓜，沾什麼都苦。

阿緞表姆，又黑又乾瘦，丈夫過世後，一肩挑起七個小孩的生活擔子，長期在我們家田裡做工。從我有記憶以來，從未見過她的笑容，加上妯娌的改嫁，憂苦的臉上結了一層厚厚的霜。「整個面憂結結，苦瓜嘛比伊卡春，飼一群膾曉笑囝仔。」姆婆老愛這麼數落著。阿緞表姆的七個小孩的確都不愛笑，甚至其中四個有自閉傾向，從不與人打交道，不與任何人往來，彷彿每個人都與他們有仇似的。兒女成婚後，雖然不是富貴美滿，也算平順，然而，雙眉打結慣了，阿鍛表姆十分不習慣展露笑顏，深怕不小心舒展的笑容遭天忌，依舊鎮日苦著一張臉。兩個家庭從頭苦到尾，鄰居私下搬弄是因爲風水問題，說兩兄弟是葬入苦海地，難怪心頭膾春。

其實那個年代的女人都苦。

小時候一直不了解，母親和伯母爲何嗜食苦瓜。也一直不解，同樣是植物生長出來的果實，竟然比藥還苦，卻苦得受人喜愛。年輕時的母親和伯母都十分的沉靜，是生活的困苦讓她們難得展歡顏，還是傳統的禮俗壓得她們認命？小孩不吃苦瓜，因爲小孩的生命是甜美的，是歡樂無憂的。小時候，母親哄我吃苦瓜，說苦中帶甘，但是這個「甘」，小孩是嚐不出來的，也無從體驗。直到爲人妻爲人母，才悟到「甘」是要熬煉的，用愛，用心血，用青春浸泡、煎熬。

苦瓜，有兩個極不同的別稱：《救荒本草》：謂之錦荔枝，一曰癩葡萄，南方有長數尺者，瓤紅如血，味甜，食之多衄血。也因爲「肥甘之中，揹以苦意，俗呼解暑之羞」。錦荔枝或癩葡萄其實都美，一個外在美，一個內在甘甜。苦瓜既然解暑，怎麼會食之多衄血？衄血是流鼻血的毛病，吃多了苦瓜是否會流鼻血？恐怕就要問中醫師了。

雖然不愛吃苦瓜，但從小我就認定苦瓜長得很美。那時還不懂「白玉苦瓜」這個名詞，卻已覺得苦瓜看起來很清澈，彷彿沁著一股冰涼的氣息。我喜歡剛從田裡摘下的苦瓜，在陽光下幾乎呈透明狀，清澈得一塵不染。我告訴母親苦瓜很美，母親總是笑著說：苦瓜退火、清甘。在母親的眼中，苦瓜一點都不美，尤其凸出的顆粒，如疣似癩，因此，苦瓜美的是它的味道。

讀小學時第一篇作文是「我的母親」。我曾經想這樣寫「我的母親像苦瓜，美麗、白皙，很甘甜。」我知道如果我這樣寫，愛美的母親會很難過。因此，在作文簿上我的母親是這麼寫著：「我的媽媽長得不高也不矮，不胖也不瘦……。」這句話，讓母親高興了幾十年，對親戚、對鄰居，甚至後來對孫女都會提到。而我卻始終認爲所有的母親都長得很像苦瓜。孩子用心看世界，在小孩的眼中，母親大概是最美麗的女人，我相信全班同學的作文中，每一個母親都是美麗、善良的。

懂得苦瓜的美味，是在婚後。夏暑，熱得叫人燥悶。結婚甫滿一年，尚未適應婚姻生活，卻緊接著要調適成母親的角色。日子過得比酷暑更焦炙，我帶著剛滿月的女兒回家，重溫當女兒的生活。母親用小魚乾燉苦瓜，她說：去火，心涼脾透開。

養兒方知父母恩，儘管才當一個多月的母親，我終於體會，母親這個角色永遠也不會有「心涼」的一天。那天，我細心的品嚐苦瓜的滋味，從舌尖苦到舌根，甘味卻在喉中緩緩散開，微微的融合苦味，和茶湯有些類似。我慢慢喝著湯，燥熱的心，終於一點一點的涼卻。我問母親，阿緞和月令表姆還好？母親說，年輕時煩惱生活，老了卻要操心兒女；孩子再大再老，終究是父母心中的小孩，兒子事業不順遂，女兒嫁得不理想，父母一輩子艙清心。

菜園裡，竹架上有絲瓜、瓠仔和苦瓜，我摘下一條熟透的苦瓜，玉色的光澤在陽光下十分通透，一顆顆突出的果粒如小玉珠。站在我身後的母親說：這個苦瓜眞美。我知道母親說的是苦瓜長得好。我還是沒有勇氣跟母親說她長得很像苦瓜。剖開苦瓜，鮮紅色的囊籽像胭脂泥。我請母親晚上炒苦瓜，母親回給我一個驚訝和狐疑的眼神。

肉絲炒苦瓜加一點豆豉，肉絲吸收了部分苦味，豆豉的鹹和特殊風味掩去青生的苦瓜味道，那一盤苦瓜幾乎我一個人吃光。後來母親還教我苦瓜釀肉；作家履彊的太太碧嬋的一道涼拌苦瓜，我們一群人吃光一大盤，還吵著要打包；在苗栗吃到道地的苦瓜炒鹹蛋及醬苦瓜和美濃的苦瓜封；近年來十分流行生菜沙拉裡加上苦瓜薄片，還有一種深綠色短小的山苦瓜煮湯，甚至電視購物台還大賣苦瓜茶。但是，苦瓜依舊是女性或者已婚女性的最愛；也許只有女人才能眞正感受甘苦交織的況味，那是一種鐫刻在骨肉裡、流浸在血液裡的味道。

我像一個苦瓜迷，幾年間遍嚐所有苦瓜的烹調。女兒不解爲何我嗜愛這種苦得入不了口的蔬菜，我也從不勉強女兒吃苦瓜，我知道有一天她們會了解苦瓜的美味。

我想，年輕時的阿緞或月令表姆大概也不吃苦瓜吧？和我的女兒一樣，她們應該也曾有少女的美夢，至少也都有過一段甜美的生活，至於後來的「苦瓜命」絕不是她們曾預料的。

女人一旦步入婚姻，仿若進入「苦瓜」的命運；母親的角色是一輩子的，苦和甘甜也是始終伴隨著。錦荔枝與癩葡萄說的都是苦瓜，苦瓜本質不變，成甘、成苦，或是，甘苦相伴相隨，恐怕只有自己最清楚。

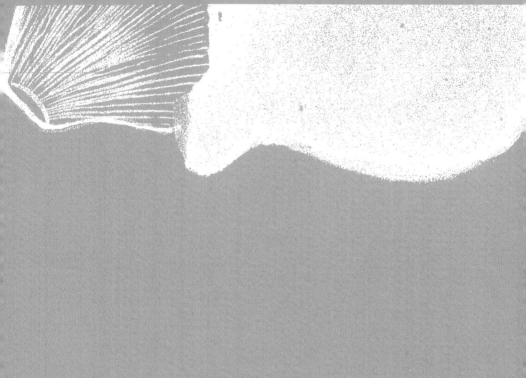

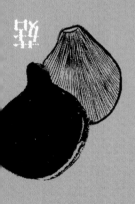

樹的精靈

童年，外婆的院子開啓我對自然生態的好奇；小時候，我以爲所有的東西都是從地底冒出來的，不管是動物還是植物。

外婆的院子有二分地大，與其說是院子，不如說像座果園，幾乎所有的果樹都是自己從地上冒出來，更離奇的是，即便是乾枯的果樹，還是會長出東西；地上橫躺著的枯木，母親說，柿子樹死了。五、六歲的我，不懂得什麼是死亡。我卻堅持柿子樹沒有死，因爲它長好多的耳朵，它還要聽蟲聲、風聲，只是枯死的果樹怕雨，它會長出小雨傘，不過總是在下雨過後。下過雨後，果樹林下也會撐出一朵朵的小雨傘，我覺得這些小雨傘有點笨，跑不過雨水，雨停了，它才撐傘。母親告訴我，樹耳朵是木耳，小雨傘是雞肉絲菇，像雞肉那麼好吃的蕈菇。

我一直以爲蕈菇是樹的精靈，把耳朵留在枯幹上，聽到雨聲趕著跑來，卻總是落在雨後。蕈菇開在雨後蒸騰的霧氣中，彷佛是枯樹遊蕩的靈魂。

夏日午後雷雨擊鼓似的，咚咚的排山倒海而來，坐在門口，我知道只要屋簷的水滴停了，又可以出去尋寶了。雷雨後的果園，罩著一層濛濛的水氣，像極了武俠片中的神祕高山，大雨把許多躲藏在地底或暗處的東西全都逼出來：蝸牛沿著水漬緩緩的滑行，矮矮的小雨傘，一朵一朵的撐開，胖胖的傘柄眞的很像雞肉絲，小水蛭陷在水窪裡，綠色的金龜子從泥濘的樹根往樹幹上爬，大頭螞蟻列著長長的隊伍，匆匆的趕赴一場食宴。

小阿姨拿著籃子和鉛桶，摘下小雨傘，一朵也不放過，有時我也摘被漏掉的小蕈菇，小阿姨卻告訴我那是有毒的菇，不是雞肉絲菇，得扔掉。摘完了雞肉絲菇，小阿姨拾起地上慢爬的蝸牛，扔進鉛桶內，乾涸的蝸牛涎液像一條條閃著光的金絲箔貼著鉛桶皮。爲了怕桶內的蝸牛逃走，小阿姨把小蝸牛敲碎了給鴨吃，大蝸牛去殼留著等母親處理。那天晚餐加菜：

炒螺肉和雞肉絲菇湯。

處理去了殼的螺肉後，一點黏液都沒有，母親用九層塔、辣椒爆炒，搭配薑絲雞肉絲菇湯，野味對野味十分搭調。可惜，這個搭配在我成年後卻也成絕響。

雞肉絲菇就是現在通稱的「鮑魚菇」，或稱「豪菇」，所不同的是，雞肉絲菇是野生的，鮑魚菇是人工種植的。兩者的差別還有氣味：雞肉絲菇泌著濃濃的木頭香，或是乾枯樹枝的味道，而鮑魚菇聞起來則像腐爛的木頭；嚼勁也略有差別，雞肉絲菇較Q潤，鮑魚菇則稍滑軟，就如同土雞和飼料雞的分別。不過現在要吃到野生的雞肉絲菇十分困難，傳統市場或超市販售的都是人工養植的鮑魚菇。

童年時的雞肉絲菇也並非容易得到，多半是在夏、秋季的雷雨過後。小阿姨常說，下對雨才長得出東西，冬天的陰雨只會讓東西腐爛，就像生對家庭。小阿姨是外婆的養女，因爲顧慮阿姨和母親會陸續出嫁，有哮喘病的外婆需要人照顧，小阿姨五、六歲就當了養女，母親和阿姨出嫁時，小阿姨差不多十歲，便接下理家的擔子。雖然是養女，小阿姨過得和一般女兒沒兩樣，這也是小阿姨說的，她遇到了「對時陣的雨」，若到別人家當養女，可能就不是這樣了。

長大後，我終於了解「對時陣的雨」，其實就是「即時雨」，可遇而不可求。

野生的雞肉絲菇，需要的是夏日雷雨、樹林和枯木、枯草枝，一切天成。人力可爲的是模仿情境，再相似仍少了些自然；儘管鮑魚菇取意美味如鮑魚，終究不抵自然野生的「雞肉」。

小阿姨十九歲出嫁，嫁給鄰近相戀的少年，雖然家境不是很富裕，卻也婚姻生活美滿，現在也兒孫滿堂。曾經想過，如果小阿姨沒有到外婆家或到別人家當養女，可能就是另一種命運和生活。外婆對小阿姨的家境有一點點的紓困，然而是不是「對時陣的雨」，我不清楚，至少小阿姨有憾但無怨。

小阿姨嫁人，舅舅結婚後，外婆賣掉果園和舅舅住到市區，我也告別童年的生活，沒有果園，也沒有雞肉絲菇可以採摘。那時，村裡頭開始興起培植松茸（洋菇或磨菇），十分討喜的模樣，又可以大量生產，一時成爲村裡的經濟作物，一間間乾稻草搭建的洋菇寮蓋在田裡，整個村子漫著一股腐木味道，也有點像鈔票的味道，村人都說這個味道好極了。後來，生產過剩，田裡的洋菇寮又一間一間的拆掉，開始有人抱怨味道難聞。而我也開始學會唱西洋歌曲，一切都是「舶來品」的好，何況母親的炒洋菇好吃又新鮮，野生土長的，根本趕不上時代。

婚後，我才開始學習炊事，幾本的食譜是我的導師，或許也因爲如此，至今還是不善於炒青菜，也因長久習慣於超市採購，做的菜總是沒有「媽媽的味道」。

是年齡的關係吧，日漸懷念母親的菜食，尤其是野菜和野味。在超市發現雞肉菇，彷彿遇見久別的童伴，那般喜悅，雖然它不是野生的雞肉絲菇，而我也不再是當年鄉下的孩童。從鄉下到都會，從野生到人工種植，我們在都市重逢。

面對著久違的「童伴」，除了喜悅卻也有不知所措的感覺；不是在果子林底下，沒有濛濛的水霧，沒有枯木香，更不是一朵朵鮮活的從土裡蹦出來，隔著保鮮膜，我更是觸摸不到它韌潤的感覺。多年不見，它肥厚許多，連名字也改了：鮑魚菇。或是因爲顏色及樣子吧，從雞肉絲菇到鮑魚菇也算是身分地位的提升，然都會總是會把野性磨去，面對著稍嫌呆滯的鮑魚菇，我遲疑了些時，終究放棄。

我還沒準備好。

從母親那兒，我更是確認鮑魚菇正是人工種植的雞肉絲菇，母親更確切的告訴我，現在除了山上，再也找不到野生的雞肉絲菇。於是，每次逛超市我總要多望它幾眼，建設心理，不斷的在心裡確認：就是它，沒錯！終於，我把它帶回去成了桌上的湯品，並且鄭重的向家人介紹，童年的珍品。然而家人的表情明白的反駁我的說法。我童年的雞肉絲菇不見了，也沒有鮑魚的香味和Q感。它經過人工種植必然缺失些什麼，而我歷經歲月的滌洗也勢必磨損些什麼，這些都是不復返的，保持原味似乎只是一種理想。

人工種植或許正是雞肉絲菇的「及時雨」，挽救了斷種的困境；小阿姨的被領養不正也是脫困與新生。雞肉絲菇新生成鮑魚菇，樹的精靈失去了肥沃的泥土、果園，和洋菇一樣住進了棚寮，然後，遊走在大都會。

以前，雞肉絲菇我以爲只能煮湯，而鮑魚菇在我的隨興下，湯、炒、燉、煮以及下麵條都適宜，可葷可素，可獨可群，眞是圓融至極，唯獨爲去其腐木屑的味道，不管什麼方式的烹調，必先川燙以去味。

年歲漸增，童年的片段越發湧現，孩提的品味只是純眞，時空的距離才是堆疊了無法超越的美味。不管我如何的用心烹調，那一口鮮極的薑絲雞肉絲菇湯，不復重返。鮑魚菇，有著深深的童玩痕跡，在採購與烹調間，我一點一滴索回封存已久的記憶，儘管，它已不再是原版。

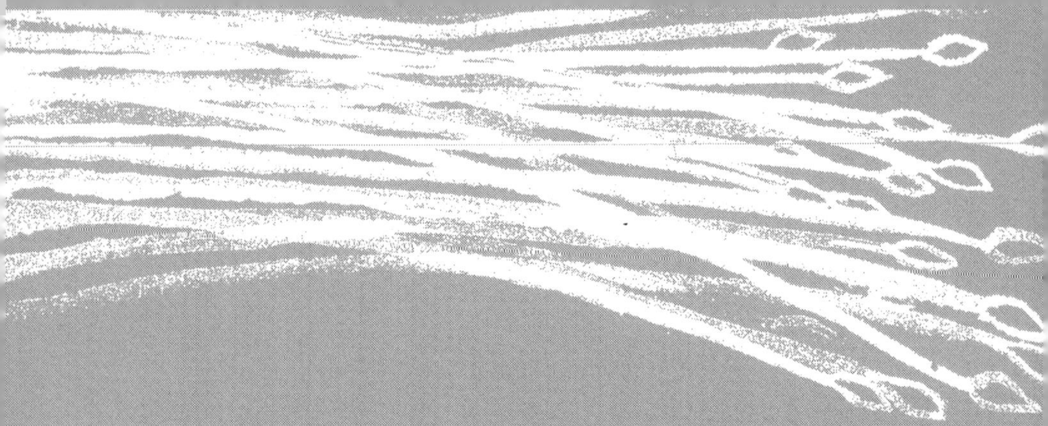

菲

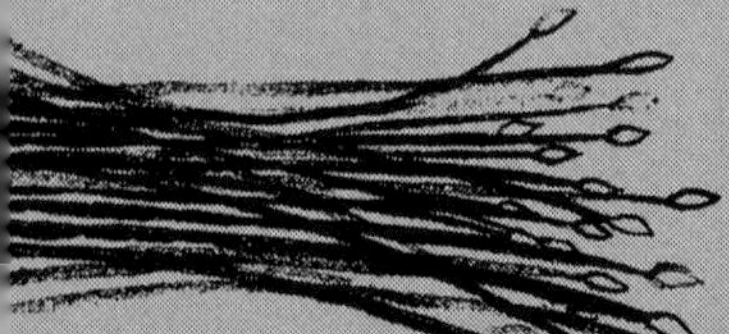

七月流火

曾經，我躲著兩件事，十分刻意，像做錯事怕被發現。

那一年剛來台北念書，想家。畏懼黃昏，以及即將亮起的街燈；早早拉起窗簾，開著燈，走避一盞一盞的街燈，躲開那幅自己缺席的晚餐。滿街亮起的路燈，我又在自助餐廳裡，逃藏那盤綠色的韭菜，有一種背叛、不安的心情，彷彿即將面對所負心的人。

不是怕韭菜的味道，是一種不忍，不忍的鄉愁。韭菜令人思鄉。好像從國中開始，父親不知從哪聽到韭菜是經濟作物，興起種植韭菜的念頭。他說服母親的理由是，韭菜不必每季播種，割了又生，方便得很。因爲種了韭菜，那些年我和弟弟恨死了韭菜。後來父親轉行不從事農作，我卻在台北因爲韭菜思鄉。

母親常說，幾把韭菜，累死三代人。這樣的說法並不誇張，如果家裡有一畦韭菜做爲營生；下午，父親和雇工從田裡割下韭菜後，父親一綑一綑的運送回家，家裡的大廳和屋簷下早已有十數個老婦人和小孩在那兒等候「撿韭菜」，每個人坐在自己帶來的小板凳。所謂「撿韭菜」，就是把剛從田裡割下來的韭菜撕去枯黃的葉脈，工作性質簡單，卻十分費工，論斤算錢，工資非常低微，所以只有老婦人以及小孩會來賺點零用錢。剛下課的我剛好趕上幫忙磅稱登記工資，弟弟則和父親把挑過的韭菜拿到小溪邊沖洗留在葉片及莖頭的泥土，即使寒冬雙腳仍須泡在水裡。洗好的韭菜二十斤一綑的綁好，準備明日一早送到果菜市場。

韭菜是一年四季都有，所以一旦種植了韭菜就意味著沒有一天的空閒。尤其到了農曆七月左右，是韭菜開花季節；韭菜花比韭菜昂貴許多，爲了不讓韭菜花老掉，幾乎是一大清早全家出動摘韭菜花，做完這個工作，我和弟弟才能上學。每日我都得帶著一身韭菜味道上學，這也是我和弟弟痛恨韭菜的原因。

對農家而言，韭菜是粗食，除了偶爾家裡請客，母親用韭菜花炒下水外，韭菜是不登大雅之堂的粗菜。從村子裡有五分之一的人栽種韭菜來看，我實在不懂爲什麼有這麼龐大的消耗量。父親說，外省人拿韭菜包水餃。我一直到高中才第一次吃水餃，所以很難想像，韭菜竟然能當主食。

高二那年，死黨吆喝，吃餃子去！靠海邊的一家麵店，瑤華說，這家是全花蓮最出名的麵店，老板的鄉音很重，我們這群人只有我是來自鄉下，也是唯一不曾見過水餃的人。加醬油、加醋、加辣椒、加香油，再加蒜頭的一道道手續，瑤華做得十分專業，我像劉佬佬進大觀園，既驚嘆，又佩服；家裡不吃辣椒，唯一的沾料是醬油，用來沾白切肉及白斬雞，或是豬油拌飯。每個人面前一大盤白白胖胖的餃子，油亮的肚子隱約可見綠色的葉菜，我知道那就是韭菜！我看著死黨們挾起餃子沾上醬汁放進嘴裡後的表情，宛若天下第一美味。而我則只嚐到辣椒火熱嗆嘴的味道，連我最熟悉的韭菜味都沒有感覺到。吃水餃當然得有一碗酸辣湯，瑤華說，這才是完美的句點！

三夾板搭建的麵店，寒冬的海濱有些荒涼，鹹腥的風夾雜著海砂拍打在桌上，剛讀完《水滸傳》的我們，彷彿在野店大碗喝酒、大塊吃肉，熱汗從額頭冒出，我們錯以爲是梁山泊的好漢，豪邁、熱血。多年以後，我才知道韭菜有助陽作用，當年的豪邁或者正是韭菜水餃加辣椒作祟。就是那樣的氣氛影響吧，我逐漸養成嗜食熱辣的麵食。

女人也可以像男人般的壯闊；被調教成淑女的我們，在荒涼的麵店，演化成江湖奔走的好漢，十六、七歲的少女，原來也有血性方剛的一面。當然，我們都不知道是韭菜的因素。

母親不會包水餃，她也堅持韭菜不是炒就是燙熟吃，至於韭菜水餃，超出母親烹調的範圍，絕不可能是家裡飯桌上的菜食。另一個原因，被韭菜折騰半天的我們一家三代，我想母親不願再多花功夫在如何料理韭菜。所以，雖然參加農會的家政班，還當班長的母親學會做包子、饅頭、花卷，甚至也學會了宮保雞丁，但是，母親就是不做韭菜水餃。

樸玉離開了山礦，愈琢愈見精緻；婚姻的生活卻使得生命的質素日漸粗糙。一日在庖市驚見韭菜只是豆芽菜的配件，那段洗韭菜的情緒瀑布似的沖涮在心頭。我仔細的摘去豆芽的頭尾，一如當年我仔細撕去枯黃的韭菜莖葉。十年無聲無息，比兩根配件似的韭菜還不明顯。曾經，血液裡盈注著濃濃的韭菜味，韭菜曾占去童年的大半生活，現在竟落得豆芽菜旁的兩根配件，可以被蔥蒜取代，甚至去除亦無妨。

摘著摘著，心情波動起來。感情的生活，婚姻的場域，女人可以無聲無息，比起兩根配料用的韭蔥還不如。突然一股衝動，折返市場買了一大把的韭菜；今天韭菜炒豆芽，豆芽是配料，今天炒一大盤韭菜，就只是一盤單純的韭菜，它是唯一的主角。韭菜辛烈的汁液再度在血液裡流竄。

韭，《本草拾遺》謂之草鐘乳，《植物名實圖考》：韭，其辛臭爲養生所忌，而諸醫以爲溫而宜人，有鐘乳草、起陽草等名。古諺「日中不翦韭，而夜雨留賓」，因爲韭喜雨濕，尤其春雨，所以四月韭特別鮮嫩。袁枚在其《食單》中提到韭，說是「葷物也。專取韭白，加蝦米炒之便佳。或用鮮蜆亦可，蜆亦可，肉亦可。」佛家素食中，韭的確是葷食，和「起陽」有關，可能和酒一般引起「亂性」。

韭菜素炒，大概是早年農家的習性，因為難得有牲禽的內臟可以搭配。再者，有「韭菜綑」的食法，韭菜綑成一捲，滾水燙熟，切段沾醬油，十分清甜，宛如不施脂粉的清麗佳人，滋味應不遜於壯陽式的韭炒雞鴨肝，或是袁枚的蝦米或鮮蜆。

是習性或是不善於北方麵食，我依然學不會將韭菜包入水餃，韭菜和我一直是素面相見。而年歲愈長，愈能體會母親菜食的簡單而求其原味。從「吃飽到吃巧」，不知道我們是糟蹋了食物，還是吃到食物的精髓。

不管如何處理，韭菜強烈的氣味永遠不變，一如台灣人的性格，偶爾會顯露出純眞的草莽氣魄。

不管是起陽或鐘乳草，是葷是素，性烈或性溫，也沒有春雨剪韭的雅興，對我而言，它卻是十分的「台灣性」，韌性強勁，割了再生，生了再割，十足台灣農人的性格，血液裡流著辛烈，卻又是溫婉能屈能伸，濃烈的味道看似排他性強，實則素炒或者和其他食物搭配皆宜；如果說，早期台灣的女人是菜籽命（油麻菜），這般的認命，不如說，台灣的女人是韭菜性格，「擱生擱有」生命力強，又極具韌性。

這些年來，鄰居還在種植韭菜，仍舊是由一群老婦人挑撿韭菜，依然是微薄的工資，連小孩都不願打工。種植韭菜，至今仍無法由機械操作，完全得靠人工。偶爾回家，酷熱的午後，鄰居的屋簷下，老婦人們揮著汗挑撿韭菜，鄰居一樣三代忙上忙下。不禁想起《詩經．國風．七月篇》「七月流火，九月授衣，一之日觱發，二之日栗烈，無衣無褐，何以卒歲……二之日鑿冰沖沖，三之日納于凌陰。四之日其蚤，獻羔祭韭。九月肅霜，十月滌場。」這首由西周時代的豳地農夫們的集體創作，敘寫他們一年中辛苦的耕作，卻竟是換來無以爲繼的生活。

七月流火，流過老農民的歲月，韭菜的汁液流過我童稚的年歲，一種躲也躲不掉的氣味，一如性格，終身不變。

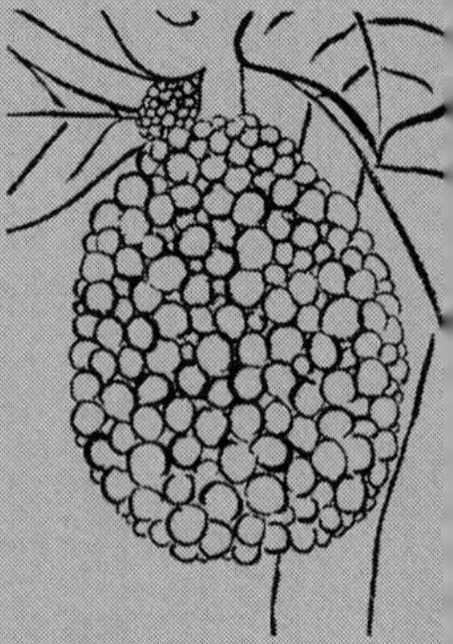

麵包樹

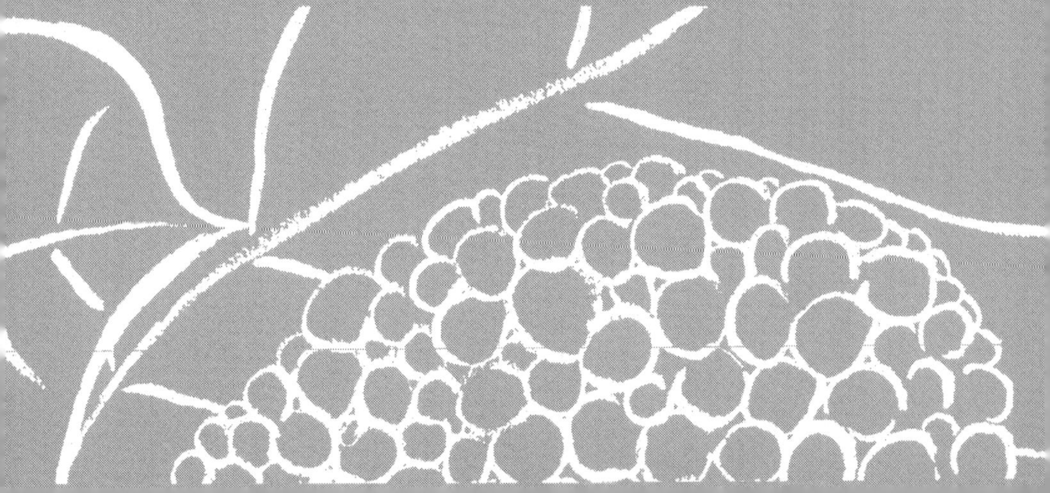

巴吉魯

那一年蓋新屋是父親一生的大事。在自己的農地蓋一棟洋房是父親十多年來的夢想，父親十分慎重的一磚一瓦，一木一樑鉅細靡遺，全程盯工。終於一棟漂亮的花園洋房落成，至今二十五年，父親非常自豪，美觀和堅固始終如一。

父親在自己的土地上建築理想；母親則在院子種下童年未竟的夢想。父親的新屋，屋前闢有花園以及一方庭院，母親顧不得在花園栽植花卉，卻先在院子的角落翻土種植一棵巴吉魯，那是母親童年的夢想；四十歲才滿足數十年的渴望，母親如孩童般的興奮。母親說，再過三年，就有巴吉魯可以吃了。我和弟弟都沒有見過巴吉魯，更別提吃過。父親說，那是「番仔」吃的東西。興奮的母親並不在意父親的揶揄。這時，沒有什麼比擁有一棵巴吉魯更令人覺得幸福了。

我和弟弟以爲巴吉魯是一種水果。

之後，母親爲我們解說。終於，我們弄清楚巴吉魯是蔬菜，是由一棵高大的樹長出來的蔬菜，正確的說法是野菜，就是父親口中只有「番仔」才會吃的食物。既然，是一種野菜，恐怕難脫又苦又澀的味道。

有了那一棵巴吉魯，母親開始敘說她的童年。

母親的童年似乎是從六歲開始，之前一片空白，或者，是母親刻意遺忘。母親的童年也彷彿從發現那棵巴吉魯開始，而母親快樂的童年，也始終停留在十六股這個我們從未去過的桃花源。

空襲那年，母親七歲，剛由苗栗搬到花蓮一年。由花蓮港邊疏開到位於山邊的十六股，住在一間廢棄的破舊屋舍。母親說，附近住的都是「番仔」。七歲的小孩很容易認同環境，一切吃食生活很快的如同原住民。

第一天，母親就喜歡十六股這個地方。

暮春，久雨乍晴。陽光顯得特別清亮，清晨，溫暖柔和的金色光線，輕輕撩撥母親的眼瞼，走到窗前看著屋外的田園，還沾著昨夜雨露的樹葉閃著晶亮的水光。母親說，那一棵大樹葉子所發出的光亮，簡直可以用瑞氣千條來形容。一切都是那麼陌生、新奇。才剛適應魚腥的氣味，陽光曝曬樹葉的味道顯得特別的甜美。母親走出門外，幾乎每棵樹、每一株花草都是母親第一次見到。

大樹下有幾個小孩，說著母親聽不懂的話語，然而，沒有多久母親和他們以日語做爲共通的溝通，翻越了語言的藩籬。於是，母親知道那棵大樹就是巴吉魯，夏天會長出果實。僅僅半年的時間，母親嚐遍了所有原住民的食物和野菜；從昭和草到刺莧，從河蜆到池塘的泥鰍、鱔魚，母親誇張的說隨便抓都有。這是母親一輩子都忘不了的世外桃源，尤其那棵巴吉魯，深深的扎根在母親的心底。

除了原住民，沒有人會種巴吉魯。離開了十六股，母親渴望能種植一棵巴吉魯。

那個年代沒有人會種植一棵必須等待三、四年，並且只有夏季才結果實的蔬菜，何況它還是「番仔」吃的野菜。母親一直無法具體的形容巴吉魯的味道，被我們問急了，她只好說：等你們吃了就知道了。然而能讓母親懸念數十年，必然十分美味。

不過，我並不太期待，我相信一棵樹可能長出甜美的水果，我很難說服自己，一棵樹如何長出美味的蔬菜。

小樹長成大樹，彷彿是一眨眼。那年暑假剛踏出校園，我忙著要進入婚姻，完全忽略了第一次長出果實的巴吉魯。母親說，再過半個月就可以摘巴吉魯了。我卻連一個星期也等不及的離開花蓮，匆匆到台北籌備結婚事宜。母親很惋惜我沒有嚐到巴吉魯，隔著電話，我無所謂的說，沒關係，明年再來。

隔年，我帶著剛出生的女兒回去，九月初，巴吉魯樹似乎又碩壯了一些。母親留著那一夏最後的兩個巴吉魯，她不希望我再等一年。我抱著女兒坐在樹下，母親搬出砧板，準備剖切巴吉魯。巴吉魯長得有些像沒有刺的鳳梨，顏色呈淺黃綠色；母親戴上手套，刀刃抹了沙拉油，困難的切除巴吉魯粗硬的外殼，白色的黏汁如膠乳沾滿了手套和菜刀，切除硬皮的巴吉魯和鳳梨果肉也十分接近，只是沒什麼水分。

初秋，肥厚的巴吉魯葉片搧著熱風，空氣中夾雜著巴吉魯青生和女兒的乳奶味道，我想初爲祖母的母親有些措手不及的感覺，懷中的女兒熟睡著，母親看了看我，繼續低頭把巴吉魯果肉切成一小塊，汗水從母親額頭流下來。在母親的眼中，我不過是剛從學校畢業的小女孩，竟然要照顧幼嫩的嬰孩，難怪一面樂得抱起孫女，一面嘟囔著：囝仔帶囝仔。

燒滾一鍋水，放入小魚乾和巴吉魯果塊，母親特別叮嚀不可以加任何食用油，只要少許的鹽即可。我知道原住民的食物一向烹調簡單，就地取材，呈現食物的原味；巴吉魯的炊烹方式和黑鬼仔菜（龍葵）、山蘇以及其他的野菜相似，都是以燙熟或煮湯，輔以花蓮最容易取得的小魚乾，這大概就是花蓮野菜最初的特色。魚乾的香味和一股特殊的清甜味道，巴吉魯的果肉軟膩，夾在果肉的果實如夏威夷花生，唯一麻煩的是要剝開硬殼。母親善於炊煮野菜，和她的童年有關，巴吉魯未必是最美味的一種，而獲得母親最深的青睞，或許是睽違三十多年的想念和一年只能一次的採收。

而後，每年的暑假，母親以巴吉魯做爲召我回家的理由。其實，我眞正懂得欣賞野菜是在這幾年，也許是步入中年，鄉愁的召喚，也許厭膩了都市的繁複。這幾年花蓮也極力推展野菜，在一次野菜之旅，我嚐到各種不同烹調的巴吉魯，糖沁巴吉魯像極了波蘿蜜；天婦羅的巴吉魯有嚼花瓣的感覺，還有炒肉、燉肉的巴吉魯顯得滑膩，當然也有傳統的魚乾巴吉魯湯。我告訴母親巴吉魯可以有很多種炊煮方式，一向喜歡嘗試新口味的她，卻堅持巴吉魯就只能搭配魚乾。

暮春，巴吉魯開始結果，小拳頭般大的黃綠果實藏在厚大的葉片中，父親撥開葉片探了探頭有些失望的說，今年長得不夠多。巴吉魯是父親唯一喜歡的野菜，所以和母親一樣非常關心結實的過程。這棵二十幾年的大樹，比二層樓還高，粗大的根曾經翻了圍牆，父親爲了它特地把院子擴大，也爲了讓母親對巴吉魯有滿足感，在後院又栽種了一棵，今年開始結果。父親突然問我，知不知道巴吉魯也叫麵包果？

我當然知道，不過關於巴吉魯的文獻資料不多，在有關台灣的蔬菜中並未列入，原因當然是它不十分普遍，而且，它是屬於阿美族的野菜。據吳雪月的《台灣新野菜主義》這本介紹阿美族的野菜世界的書中，提到「阿巴魯，桑科，波羅蜜屬。學名 Artocarpus Communis，別稱波蘿樹、麵包果、麵磅樹等，以蘭嶼、花蓮地區最多見。」阿巴魯（apalo），花蓮縣壽豐鄉月眉村的舊名，阿美族人的聚落種植很多麵包樹，族人以它命名。阿巴魯，就是母親口中的巴吉魯，吳雪月是花蓮阿美族人，想必「阿巴魯」才正是阿美族的名字，至於「巴吉魯」，不知是母親童年的誤聽，或是另一種說法？但據我所知，幾乎，所有的花蓮人叫麵包樹都稱為「巴吉魯」。阿巴魯與阿美族人的關係一如芋頭對蘭嶼人的重要性；巴吉魯對母親的重要性，不完全是食用，是童年的懸念，甚至是對子女的召喚，每年暑假，她會提及：挽巴吉魯了，要不要回來？

前幾年，在郊區的屋舍，栽樹時，我徬徨了很久該種什麼？玉蘭花、欖仁樹、含笑，還是巴吉魯?突然羨慕母親有一棵鍾愛的樹。最後，我放棄種植巴吉魯，它是屬於花蓮，屬於母親。

如果，你到花蓮，看到一棵棵肥厚的葉片、沒有花也不長果的樹，在每個家的庭園或農田，不用懷疑，它就是巴吉魯，和欖仁樹一樣，它是花蓮的樹，只爲花蓮及夏天生長。

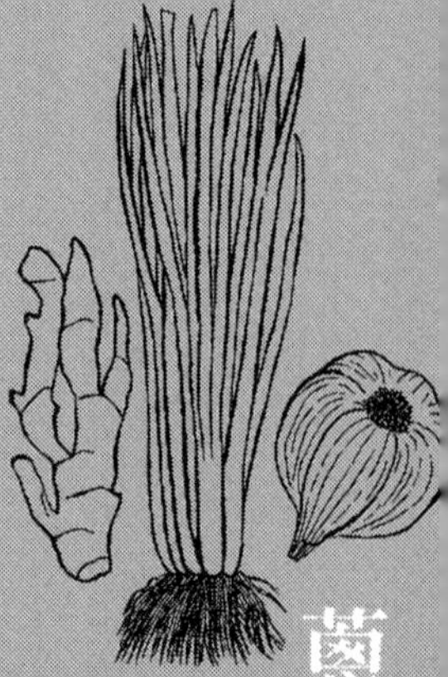

蔥薑蒜

小卒過河

母親年輕時，每當和父親抬槓，動輒就說：「查某人若衰，才會嫁乎恁十三鄰的蔥仔蒜仔薑。」母親口中的蔥蒜是比喻不怎樣的小人物，再難聽一點就是什麼路用也沒有。

但是「十三鄰」這個名詞，對父親卻是具有深遠和重大的意義。

其實，十三鄰就只是村裡的一個鄰，而且還是花蓮縣的一個小小的地方。

福興村，一個很普通，有點貧窮的農村。這樣的農村，還因爲性質分成新村與舊村；新村以商店和公教人員居多，舊村則大半是農家。十三鄰屬於舊村，父親可是十分的驕傲，因爲好幾任的村長都是來自十三鄰的人，更重要的是，他們都是我們的表親。尤其，農會對農民所設立的農事小組，小組長也幾乎都是十三鄰的人，父親還當選過幾任。另外，也是農會對農村婦女成立的家政班，班長就是母親，班員理所當然也以十三鄰的婦女爲主；跳土風舞、教烹飪都是在我家。所以父親十分自豪，有哪幾個農夫可以把菜種得樣樣得「一寶仔」（一等）。因此，每當母親數落著十三鄰沒半個有出息的人時，父親總是一反平時對老師的尊敬，奚落的說：「若無做田人，老師都餓死了！」

蔥薑蒜，都是配料。長得再怎麼好看，還是當不了主角。所以，母親一口咬定，小人物就是小人物，菜種得再好，還是小人物。

童稚的年齡當然不懂蔥、薑、蒜屬性，也不解大人物和小人物有什麼差別，但是對於生活僅限於周遭的鄰居，我的世界就那麼丁點兒大，十三鄰的人，無論是小孩、大人對我都是重要的，都是主角。尤其是父親，在我眼中絕對是十三鄰中最聰明、最重要的主角，比村長還重要。因爲父親很會算數，我讀小學時的「豬兔同籠」問題都是他幫我解決的；整個舊村任何家裡有婚喪喜慶，父親都必得參與，因爲計算禮金或奠儀，那個多半文盲，又沒計算機的時代，只有父親的腦筋才不會算差錯。甚至親戚分家，也要父親幫忙算家產，儘可能分得公平，但是這項差事，母親卻不讓父親參與。母親說，一家人一家業，怎麼分配家人都不會覺得公平，做中人只會惹人嫌。

每個大人都是家的重要支撐，即使是阿政的爸爸，從不工作，鎮日游手好閒，從賣「祖公仔產」到借貸過日子，但是至少也給阿政一家八口有個破舊的家，給阿政的媽媽有一口灶可以炊煮，儘管，經常是空鍋冷灶。除了阿政的爸媽，十三鄰的大人都很勤奮，自己的田事做好，還到別村去做工；女人更忙，生養一堆小孩，張羅三餐、寒冬酷暑、雨淋日曬，都得在河邊洗衣服，還得幫忙做田，工作永遠做不完。這麼勤奮的工作，十三鄰的人還是很貧窮，還是得早早把小孩送去當學徒或到工廠做工貼補家用。

最早，判斷一個家有沒有財富，是以這個家有沒有豬圈和牛槽做為基準，有了這兩項，都可以算是中等人家，按照母親的說法，是餓不死的。

若還有倉庫可堆放稻穀和農具，若不是大家大業，也必然是十分過得去的人家。十三鄰有十五戶人家，大多數的家庭都要靠借貸來過日子。讀小學時，每當學校要我填家裡的經濟情況，父親總是非常果決的要我填上「小康」，小康，其實在父親的定義中，是經濟還不錯，可以不必借貸過日子。十五戶的人家，大概也只有五戶人家不必向雜貨店賒欠。也只有這五戶人家有倉庫、有豬圈和牛槽，但是這並不表示是富足的，一旦家裡有人生病，這個家，可能隨即陷入朝不「飽」夕的窘境。這也是母親常說的「窮人生不起病」。

對母親而言，村長仍不算是個有頭有臉的人，因為，他還是自己人拱出來的，何況也就那麼一個人而已。的確，即使是身為村長，也還只是個農民，比較不窮困的農民。其餘，每個家庭都有一窩伸手張口等著吃飯的人；小孩們，像一只只灰黑、乾扁的布袋；田裡生長的、灶裡燒炊出來的，永遠塡不飽那一張張虛空的胃肚，永遠塞不滿一只只乾扁的布袋。

那個年代，吃飯是大事，賺食眞的很辛苦。

十三鄰開始擺脫貧窮，是在當學徒或到工廠做工的小孩拿錢回來之後。

除了我們家，十三鄰裡幾乎每個大人都希望小孩快快長大，可以到田裡幫忙，或者學個手藝，要不然到工廠做事，減輕吃食，若還能拿點錢回來，是再好不過。沒有人強迫小孩勤奮讀書，因爲讀書是要花錢的，吃飽都有問題，讀書成了奢侈的事，所以，不會有人像父親在屋簷前拿長板凳當書桌，扳手腳指頭教小孩演算算術，何況還是女孩子。年長我幾歲的男孩女孩幾乎都是小學一畢業，下田的下田，當學徒的跟在木工、水泥師父身旁打雜學手藝，女孩則是學裁縫、洗頭，要不就是到北部的工廠當女工。和我同年的拜國中義務教育之賜，勉強讀到國中，依舊沿著家裡兄姊的路線離家討生活。擺脫貧窮，是十三鄰的男人一生致力的目標，這個目標卻在他們的下一代完成。

《正字通》：蒠，葷菜也。《說文解字》：蒠，菜也。也稱和事草。

薑，濕之菜。《本草綱目》：薑，喜濕沙地。這裡指的薑與台灣的乾薑的種植條件有差別，但對薑的性質效用，大同小異。從文獻資料可看出，蔥薑蒜都列屬於菜蔬，是輔助性或具有某種療效的蔬菜。過去，農家節省，種植什麼吃什麼，在欠缺其他菜蔬時，常有炒一盤蔥白，或一碟青蒜替代其他的青菜。現今蔥薑蒜在傳統市場多半列爲必備的「贈品」。儘管，屬於配料，但是蔥薑蒜都會「奪味」，經爆香的過程後，它們以味主導主菜，它們比主菜更有味道。

蔥薑蒜，都略帶辛辣，但是，辣不過辣椒；十三鄉的勤奮農夫，成就不了大人物，卻也出不了大奸大惡。辛辣的味道，一如男人的「土公」，性情暴烈，但魯直；女人強悍，但熱心。因爲土公，十三鄉的男人經常臉紅脖子粗，爲了田水分配的細節，爲了一句不中聽的話語，「洗臉礙到鼻」，扭打也是常有的事。女人擅於咒罵，通常爲了孩子，連妯娌都可以用最狠毒的話詛咒對方。但是，好歹同村、同鄉，十三鄉的人十分團結，手胳臂曲內不曲外。插秧割稻一家家輪著來，即使人丁最單薄的阿炳家，也無須雇請工人。婚喪喜慶，全鄉參與，男人負責分派，女人張羅吃食，小孩也沒閒著，橫衝直撞，腿都跑瘦了。就因為熱心，守寡多年的阿緞表姆，在無男丁的情況下，寡母弱女照樣起新厝，風光的嫁女兒。

全因為魯直性情，家家戶戶大門敞開，後門相通，直來直往，串門子無須拐彎抹角，仇恨也就不藏心腹，今日打過罵過痛快解決，明日依然是好鄰居、好親戚、好弟兄。

小孩一個個遠離家鄉奮鬥，十三鄰的經濟狀況也一日日的好轉，當然，十三鄰的男人女人也逐漸年老，帶孫子、看家，為人生盡最後的職責。這一生，他們沒有大富大貴，沒有大紅大紫過，但是認真的當一介農夫農婦，稱職的父母、阿公阿嬤，把子女送上樓梯，讓他們往上爬。雖然，他們的子女也不是什麼大人物，或知名人士，仍是循著父母親的路子盡責的當個社會螺絲釘，一如蔥薑蒜，不是主菜，卻一味也不能少。

退休多年的父親，也從沒閒著，幫忙照顧我和弟弟的小孩，一個接一個，人生的義務又延長了許多年。近年，父親利用家裡廢棄的大理石工廠，桌椅一擺，就成了現成的「茶館」，邀了幾個志同道合的老朋友，各帶茶點，每日早上聚在一塊談風水、聊政治，兩、三年下來，連隔壁村的老人都慕名而來，從五、六位，增加到現今的近二十人，儼然像個「老人館」。年輕時極爲鐵齒的父親，這些年卻十分熱中算命、風水，這群老朋友還組團到別的鄉鎮「考察」。他們一致認爲十三鄉之所以至今尚未有大人物，就是風水不好，沒有帝王穴，沒有龍脈。父親肯定風水可爲，可惜年少輕狂，不信命理，輕藐風水，以至一生平凡。而年輕時被認爲前衛的母親，在生活的折磨下，逐漸認命，只求平安，不再奢求貴達。

每次回家，我特別喜歡坐在院子，側聽「老人館」中傳出來的爭辯聲。這一群人他們已盡了人生大半的責任，對人生的職責熱情未減，仍帶著辛辣個性。從年輕到年老；他們沒有響亮的名字，但是，他們合力推出一方天地。小卒不一定要變英雄，小卒過河，一樣可以將軍。下棋不能少了小卒，做菜燉湯不能沒有蔥薑蒜；由點到線，再串成面，一個都不能少。

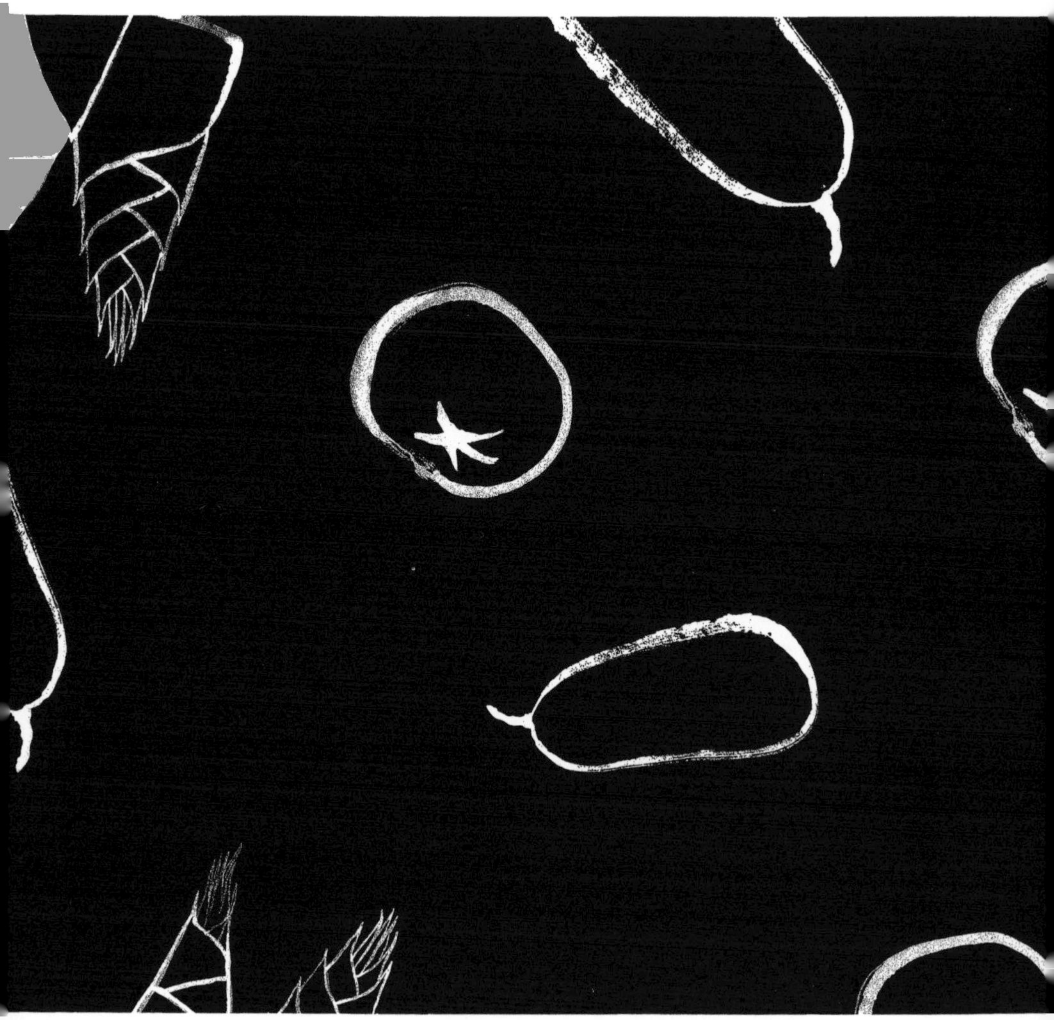

卷參

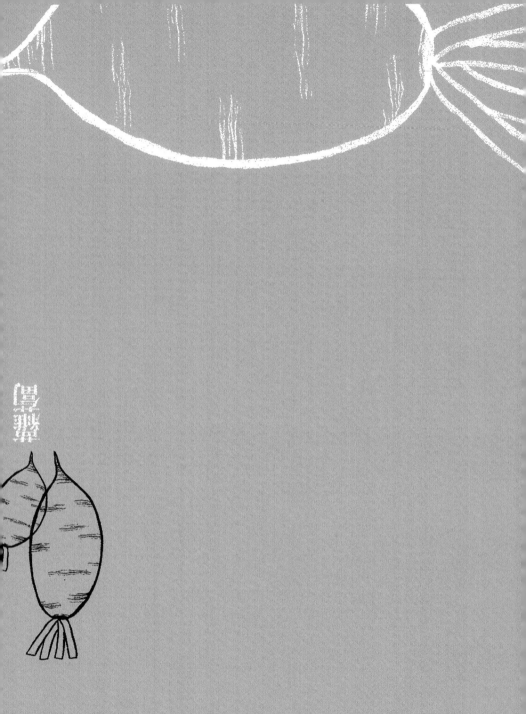

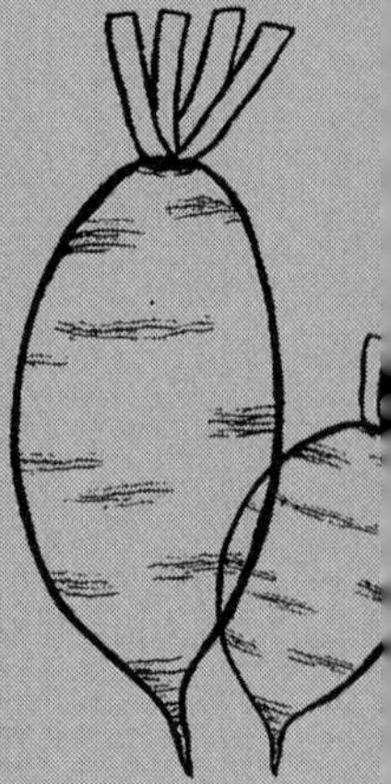

蘿蔔

反僕為主

我常想，祖父可以從事很多種行業，無論是木匠或廚師，都會很出色，卻當了一輩子農夫，平平凡凡，甚至有些黯淡。

我也常想，如果，祖父現在是一個廚師，他絕對可以獲得「創意獎」，許多不可能的材料搭配，他可以說成令人垂涎欲滴的菜餚，在那個吃番薯的時代，他經常提及如何燉肉燒魚，他的朋友總是反駁他，連白米飯都沒得吃，魚肉即使生啃也好吃。

我生長在一般的家庭只有在拜拜時，餐桌上才見得到魚肉的年代，我可以證明祖父眞的會燉肉燒魚，不過他的朋友又有話說，一年吃不到幾次魚肉，煮得熟就好吃。當時年紀太小，看不懂、也記不得祖父如何燉肉燒魚，我卻忘不了祖父對食物的品頭論足；對於食物，他總有很奇特的評語，一語道盡食物的特性，諧謔有趣，卻也蘊含了他的人生經驗。他說，紅菜是散赤人的麻油雞、薑是山珍、鹽是海味，冬瓜清涼解毒，菜瓜去痰化熱。我最喜歡聽他說白蘿蔔，他說菜頭像查某嫺仔，有時恰水擱小姐。我知道這是從歌仔戲《陳三五娘》的故事來。

《陳三五娘》是母親愛看的歌仔戲戲碼之一，我則喜歡看《孟麗君》，孟麗君喬裝男人當官，還把一群男人騙得團團轉，戲中孟麗君不僅能治理天下，還懂得醫理。我愛看的原因還有，她扭轉自己的人生道路，改變被安排的命運。在所有的歌仔戲中的女主角，幾乎成天哭哭啼啼，像王寶釧一哭就是十八年，可是，阿嬤、伯母和母親卻喜歡看這樣的女人，哭得愈多愈感人，有時連好強的母親看著看著還跟著哭。當時年紀還小，我不懂愛情，實在無法理解陳三爲何有錢的公子不做，偏偏要裝扮成磨鏡工人，入府當長工？荔枝不過是水果嘛，小姐隨便丟個一串，卻珍惜成寶貝似的。當然，我也不懂爲什麼女人都愛掉淚，悲傷流淚，圓滿大結局也要淚流滿面。母親總是說，囝仔人笑笑仔大。

對《陳三五娘》的印象深刻還有來自祖父奇特的看法；他的開頭通常是這樣：「五娘美若天仙，伊的查某嫺仔益春也水恰親像一蕊花」。在祖父的描述中，五娘每次出門堅持不要益春隨侍在旁，而要她走在前頭，五娘則姍姍來遲的跟在後面。這時祖父會稱讚五娘「巧」；因爲一般看到益春的人一定會說：這麼美的姑娘，再看到跟在後頭的五娘，更是會說：這個更美。若是兩人並肩迎面走來，那麼大概會是這樣的：兩個都這麼美。祖父搖搖頭，嘆口氣：唉，益春小姐身、查某嫺命，親像菜頭（蘿蔔）。

我不清楚爲什麼硬要把一個美貌的少女說成一棵白蘿蔔。母親則說，出世不對所在，生成再怎麼美貌，也是枉然。口氣如唱歌仔戲，我都以爲她是在說自己。

後來，我在竹林書局發行的《陳三五娘歌》（全四本）中看到的益春的確被形容得很美麗，當然五娘更是有傾國傾城的容貌，但並沒有找到祖父所提主僕兩人前後行的這一段。或許是演歌仔戲的人加進去的，加了這一段，把女人特有的纖細思維和暗中較勁、鬥豔的性格表露無遺。

我從來都爲蘿蔔的「錦衣夜行」叫屈，卻沒想到它竟能「暗地奪味」，在餐桌上反客爲主，一吐壓抑已久的怨氣；剛結婚，學做幾個菜，請祖父吃飯。祖父一看桌上的排骨燉蘿蔔湯，戲謔的說：菜頭燉肉，氣死一群雞鴨。蘿蔔吸足了雞肉的鮮美湯汁，加上它自己特有的甜味，的確要比燉久後已呈乾澀的雞肉塊好吃。

原來，蘿蔔會奪味！就好像突然發現，一個爛好人竟然會發脾氣！

《詩經．國風．采苓篇》中「采葑采葑，首陽之東，人之爲言，苟亦無從。舍旃舍旃，苟亦無然，人之爲言，胡得焉？」葑，就是蘿蔔，這首詩意是以蘿蔔的白淨來暗示，不要輕易誤信謊言。《詩經．國風．谷風篇》也有「采葑采菲，無以下體。德音莫違，及爾同死」，埋在土中的蘿蔔就如美好內涵不被重視一樣。兩則詩篇說的都是蘿蔔的好。飲食習俗中，蘿蔔絕對是正面的評價高於負面；俗諺說「蘿蔔賽過梨」，如果指的是味道，則也許指的是中國北方的蘿蔔，因熱帶氣候因素，台灣的蘿蔔生吃辛辣，多半必須經過烹調或醃漬過才會美味，尤其是排骨蘿蔔湯，清甜的程度的確不下於水梨；若是從營養價值來看，蘿蔔湯可以解熱、降血壓，是夏天的最佳湯餚。

蘿蔔有很多奇怪的名稱，例如有蕪菁、萊菔、蘆葩、諸葛菜、仙人骨等，仙人骨，或許就是因爲蘿蔔的營養價值高，就如同仙人可以長壽、避百病。

但是，蘿蔔有時也有較負面的評價，例如「性冷」，體寒者不宜多食，服中藥期間，也不得食用等，大概怕破壞藥效罷。提到「性冷」，總會想到父親老愛說的笑話；他說有個產婦坐月子期間食用小白菜，鄰人勸她小白菜眞冷，不適合產婦。產婦連忙說：沒關係，我都是燒燒的吃。

不靈光的婦人當然不懂「性冷」和「冷」的差異。在中藥藥理中人有體質、性格的不同，植物當然也有寒燥的區分。

蘿蔔性冷，冷則應弱，卻弱而奪味，奪得渾然天成。

年歲漸增長，逐漸了解「掠奪」和「襲承」的不同；被掠奪者必然有恨，被承襲者則心悅誠服，儘管有時可能青出於藍勝於藍，若此大概也只能暗自飲恨吧。青出於藍，正是另一種反客爲主，或反僕爲主。

蘿蔔不是奪味，是襲承，是「潛移默化」，令人不設防，所以祖父才會說：氣死一群雞鴨。一點反擊的能力也施展不出來，除了氣死別無他途。

年少時讀《紅樓夢》只在意感情的糾葛和衆人的才氣或美貌，中年再讀《紅樓夢》，終於明白母親的「出世不對所在，生成再美貌，也沒什麼好處。」這樣的感嘆。襲人、平兒、晴雯等賈府內的衆多婢女，貌美的不在少數，美則美矣，卻是查某嫺。我想如果祖父也閱讀《紅樓夢》的話，他大概也會有這樣的看法。不過雖然不是「第一女主角」，卻是最佳女配角。平兒未必比王熙鳳能力差，只是身爲婢女，無權也無身分地位可以如主子這般施展；同樣，襲人和薛寶釵十分類似，唯一的不同就是一個主，一個僕。襲人後來有幸嫁給蔣玉函，一樣稱職的做個少奶奶。在古典小說中，有幾個女婢都十分出色，小姐的終身大事全都靠她們的聰慧，才得以有個美滿的結局；《西廂記》中的紅娘、《荔鏡記》（陳三五娘）中的益春都是最佳代表。也許長期處於被壓榨的環境，她們的身段反而較柔軟，較有彈性，也因爲是在豪門大宅，見識廣，自然眼界也較高，若有機會，絕對可以反僕爲主。

蘿蔔的烹調，可以清淡，但是，搭配的材料愈豐富，蘿蔔的滋味就更甜美。

從前母親常感嘆出世不對所在，現在她常說的是，生不對年代。對於愈來愈自由的現代女人，母親常是羨慕的。過去，母親自詡跟得上時代，現在則經常是搖頭或感嘆時不我與，有著前進不了，後退不得的窘境，幾十年來彷彿只能在原地踏步；他們這一輩的女性多數沒有「媳婦熬成婆」，反而在現代與傳統的夾縫中，有些適應不良。我們這一代的女性雖也累積不少社會資源和女權運動者的努力成果，卻還無法「反客爲主」或「反僕爲主」，當然也就做不到「氣死一群雞鴨」。但我卻十分清楚，我們養育的下一代，他們有充足的資源，各種條件看來都適合他們的發展，也就比較可以達到眞正的兩性平權，至少，在他們的年代，兩性的關係，應該不再有主僕的區分。

懂得紅燒牛肉的人都知道，最忌牛肉和蘿蔔同時燉熬，蘿蔔另鍋煮熟，最後兩者才混合，怕的就是蘿蔔「承襲」過久，奪去牛肉的滋味。

終於，我明白祖父把益春比喻成蘿蔔，雖嫌粗俗，卻十分貼切。祖父不吃牛肉，也已過世十五年，否則看我把牛肉和蘿蔔一起燉煮，恐怕要喊出「氣死一群牛」，那樣壯觀的場面了。

番茄

彩霞的餐宴

其實，那是一場死亡的約會。

然而，這幕冬季採番茄的情景，至今回想起來，卻充滿著奇異的愉悅感覺。每次選購番茄，腦子裡便浮現出那個冬日場景，每個細節，每一抹臉上的笑容，每一片雲彩和陽光橙黃溫柔的顏色，清晰得彷彿昨日才發生。

冬日的午後，我還記得橙紅的陽光下，剛割完的稻田，一截截短禿的稻莖整齊的排列在田裡。我領著弟弟和表妹們，一行五人像一群痲雀，吱吱喳喳行走在田埂上。我們要去採番茄。

褐黃色的田野，收成過後的顏色，散發著滿足和驕傲的色調，宛如向飛舞的雀鳥告別，即將進入一個多月的冬季休耕，然後，嫩綠油亮的秧苗才會再度披植在水田上。

成熟的褐黃色也是誘惑的顏色，引誘著我們走入一個死亡的陷阱，美麗的色調，讓我們忽略了潛藏的危險。

也許那年是暖冬，番茄產量過剩，也因此很快的結束了番茄的產季。父親拆掉番茄竹架，快速的揮著鐮刀砍斷綠油油還掛著綠色果實的番茄藤莖。我們還沒吃過癮啊！我們心裡這麼驚叫著。經過半日陽光的曝曬，番茄藤莖會枯掉，但是果實會轉紅熟透，我心中暗暗決定，明日，我要來吃今年最後一場番茄宴。

我忘了為什麼突然增加到五人，表妹如何知曉？人多是喜悅啊！我歡歡喜喜的帶他們上路。我們從馬路拐進田埂，微溫的濕熱氣從土裡冒出，在寒冷的冬天，這是一趟愉快的田埂之旅；矮矮的芭樂樹是父親新栽的。我告訴弟弟，明年，我們就有芭樂可以吃了。弟弟牽著土狗黑耳，芭樂樹和黑耳一般高，黑耳歪著頭嗅著芭樂的嫩葉，我開始懷疑父親的說法，這麼矮小的一棵樹，明年真能長出芭樂？

再過去是一畦畦的菜苗，剛冒出芽尖還看不出是什麼菜類，我猜是茼蒿或是菠菜。茼蒿田的旁邊種了一片番薯葉，用來餵豬的，母親也常摘番薯葉炒蒜茸；堂哥和屘叔玩了一個下午後，經常吆喝我們挖番薯準備焢窯，然後我們就有香香噴的烤番薯解饞，順便還可以烤黃豆、花生。不知道今天堂哥會不會烤番薯？然後，是蘿蔔田。伯父昨天才向父親提起過兩天要拔蘿蔔了，伯母和母親又要忙著曬菜脯了。

遠遠有一片綠油油的菜葉，我知道那是油菜，前天餐桌上有一大盤，苦苦的味道，一桌人中只見母親和伯母挾食，其實油菜主要不是種來食用的，整片田的油菜任其開花，然後翻犁埋在田土裡當作肥料，滋養下季的稻作。再過一陣子油菜就會開出黃色的小花，那時大概也是農田唯一像花園的樣子，我們最喜歡在花叢中追逐小黃蝶。

終於，來到番茄園。枯萎的藤莖，垂掛著一顆顆紅熟的果實，枯豔相對照，猶似黃昏最後一抹霞光，特別令人留戀。我們興奮的採了一堆，拿到旁邊的水渠清洗，然後快樂的啃食，幾隻麻雀在枯藤上跳著，啄食小蟲，和我們一樣興奮的吱吱喳喳叫著。塡飽後的滿足，我們撫著圓滾的肚腹，躺在草上曬著微溫的陽光。

突然，父親遠遠又叫又喊的跑來，接著是姨丈、母親、阿姨，我們全被抱上腳踏車上，送到最近的阿海醫生那兒。那些番茄昨日下午剛噴過除草劑，大人急得語無倫次，而我們卻被一根根的管子塞入喉嚨，痛苦不堪，一陣陣的嘔吐後，整個診所一片哭聲，弟弟和表妹是被管子塞得難受而哭，我還兼有番茄被掏空的失落感。也許番茄才剛到胃裡，也許是番茄清洗過殘留的除草劑不多，那一晚我們平安度過，隔日也無併發症安然無恙。我竟忘了父親有沒有處罰我，卻清清楚楚的記得那股被掏空的失落感。

那個冬天最後一場的番茄宴，嘩啦啦的全留在診所，被掏空的胃澀澀的，還帶著塑膠管的味道，對我竟轉成虛空和不滿足的感覺。

後來，我對番茄有著貪食的症狀，番茄是以吃到飽爲止。

到了台北念書，我才知道花蓮的番茄和北部、西部不僅名稱不同，連長相也不一樣，還有，番茄是蔬菜類，不是水果！印象中母親確實烹煮過番茄炒蛋，習慣拿它當水果的我們，對一盤熟熱的番茄實在是難以下口，我們為番茄叫屈，連蛋都被糟蹋了，從此，母親就不做番茄炒蛋了。番茄在我們家就只是水果而已。花蓮的番茄像較大的桃子形狀，顏色是粉紅色，口感鬆沙，略酸，我們叫番茄是tomato，我們以為那是日本名字；台北的番茄叫黑柿仔，西部的人也有叫臭柿仔、甘仔蜜，這個品種的番茄和花蓮的品種不同，果肉咬起來是Q脆，顏色深綠中藏著暗紅。

近年來，開始流行聖女小番茄，這種紅色的小番茄，原本酸度很高，很少人食用，多半拿來做番茄醬，改良後的聖女小番茄，甜度和脆度都增高，道道地地成了受歡迎的水果。

根據諸橋轍次的《大漢和辭典》關於番茄有兩種解釋，一是，茄子的一種，白色扁平。這裡的番茄和王禎《農書》裡「一種渤海茄，白色而堅實，一種番茄，白而扁，甘脆不澀，生熟可食。」相似，指的應該是「番地的茄子」。二是，蔬菜名，茄科，也稱西番柿、西紅柿、紅柿。另《群芳譜》：番茄，此物宜勤澆，地瘠少水者，生食刺人喉。這裡的番茄若生食刺人喉，想必是未紅熟的番茄。第二種裡的西紅柿正是大陸對番茄的稱謂。番茄，原產秘魯，遲至一八三〇年才傳入中國，因此才會有「番」這樣的稱呼；然而由這些文獻看來，東方人對番茄並不怎麼喜愛，也可能還不習慣它特殊的味道。西方人稱番茄爲「愛情蘋果」，和「臭柿仔」這樣的名稱比較起來，顯然它在西方備受歡迎。

根據統計，全球每年生產逾十五億噸的新鮮番茄，美國是最大的生產者。其實，美國早期認爲番茄有毒，有人則認爲有催情作用，傳教士被禁止食用，一直到一八六〇年才開始有人種植，但是害怕有毒所以必須煮上三個小時才能食用。

根據 **A. F. Smith** 的《番茄》記載，一九四〇年美國哥倫比亞廣播公司播出一齣關於一八二〇年羅伯．強森生食番茄的話劇。當時因爲番茄被認爲有毒，所以強森在衆人之前吃番茄，彷佛是表演自殺，必然引來許許多多的人前來觀看。

番茄有毒，還得當衆試吃，引來成千人的觀看，在現在看來有些不可思議，追究原因，恐怕是番茄長得太漂亮了，鮮紅得令人害怕是陷阱。也因爲顏色豔紅，關於番茄的原產地有多處的傳說，甚至一度還是個謎；番茄據說原產秘魯、厄瓜多爾以及智利的山區。最早的番茄其實並不叫tomato，以地區的名字來稱呼，至於tomato是哪一國的語言，有人認爲是西班牙、葡萄牙或牙買加。因爲大自然的力量，因爲人類的雙腳，番茄幾乎成了全世界的蔬果，也被稱爲「新世界魔幻美食」。

十五年前，第一次到美國，每週我都要到超市購買好幾袋的小番茄；這些小番茄比台灣的小番茄大上二、三倍，口感則和花蓮的番茄相似，也就是當年強森冒著生命危險試吃的番茄。美國人拿來當沙拉、切片夾在漢堡裡、做番茄醬，或是和肉、魚類一起烹調，燉、烤、燴、湯等多種料理方式，我則是每次一大袋的抱在手上，坐在愛荷華河邊慢慢的當飯吃個飽，彷彿回到童年的花蓮，在水渠邊，那場黃昏的番茄盛宴。

把番茄扭轉回到蔬菜類，是這幾年的事，緣由是對義大利菜的喜愛。番茄，大概是義大利食物的靈魂之一，和橄欖油同樣重要。也許是飲食觀念的改變，番茄成了我的重要蔬菜和水果；熬一鍋義大利蔬菜濃湯，小番茄是關鍵口味；西班牙的莎莎醬沒有番茄就不成莎莎醬；燉牛肉放個大番茄風味完全不同；義大利麵當然少不了番茄，甚至隨意下個湯麵，放幾片番茄，滋味就顯得特別不一樣，讓我懷疑番茄是否具有什麼魔力。

從 tomato 到聖女小番茄，從水果到蔬菜，彷彿一個少女，結婚成家，找到了屬於自己的定位。而番茄，大概也是所有的蔬菜類中，最具彈性，可以有各種不同的變化；從村女至貴婦，不過是一瞬間的改變。是蔬菜，還是水果？也端看場合的不同，需要的不同。而在那麼多種不同的名稱中，我最喜歡西方人口中的「愛情蘋果」，一個兼具營養與浪漫的名稱，和南部的「甘仔蜜」有點相異曲同工。也許緣自童年的記憶和印象，番茄對我是溫馨、美麗的餐宴，是彩霞顏色的餐宴。

豆類

花蓮豆

風拂動著紫色的花，搖盪成一片波浪，小姑姑從浪濤裡探出頭來，嘴角揚成一彎上弦月。

「我要去台北了！」說完這僅有的一句話，姑姑的身影如煙似，被風吹散了。

就像傑克爬著豌豆巨藤到巨人屋般，小姑姑也要爬上豌豆藤到台北。「日頭曬屁股了，起床了。」姑姑搖醒我，問我要不要去摘豌豆？我終於想起明天姑姑要去台北。

農曆年初六，過年的氣氛如霧猶未全散，姑姑已準備到田裡工作。豌豆的盛產季節，姑姑想利用最後一天幫忙。小姑姑大我十歲，十九歲花樣年華，阿嬤覺得待在花蓮務農有些可惜，何況是厝查某囝，上有幾個哥哥，田裡的工作其實也未必輪到她。在我八歲前，堂妹尚未出生，我是家族中唯一的孫女，或許也因爲這樣，小姑姑特別寵我，一天到晚讓我坐在她的腳踏車後座，有一段時間連晚上都同她睡，宛如她的小跟班。

採豌豆很費工，每到摘收豌豆季節，幾乎是全家出動。豌豆，台語叫荷蘭豆，小時候我聽成花蓮豆，一直以爲是花蓮的豆。

小姑姑是家族中第二個到台北工作的人，第一個是終身未娶的叔公，長年在台北一個遠親家受雇，後來因生病回來，未幾即病逝。這次，小姑姑到台北工作是家族的大事。其實，小姑姑也是到這個遠親家中當店員，賣南北貨。不知是不是屘查某囝的關係，小姑姑做什麼事都很慢，吃飯尤其慢得令人跳腳；姑姑說，每一顆飯粒，每一根菜都要嚼碎才嚥得下去。母親說，小姑姑吃一頓飯的時間，等於別人三頓飯。我經常吃飽後，玩一圈回來，小姑姑還在餐桌上和飯菜奮鬥。可是，母親說，以後姑姑一定好命。所謂「以後」，就是結婚之後。我不懂爲什麼吃飯慢吞吞的人會是好命？不知哪裡聽來的說法，母親認定慢條斯理吃飯的人是少奶奶命。歌仔戲中的少奶奶都有僕人服侍，穿著打扮富貴華麗。小姑姑長得很漂亮，身材高䠷，每次她帶我到冰店吃剉冰，就有一些少年在附近閒晃。然而，漂亮和「少奶奶」的命還有些差距，除非小姑姑也像大姑姑一樣嫁個生意人，當老闆娘？不過，讓我想不透的是，大姑姑一向動作麻利，快手快腳，和小姑姑完全不同。

我問母親小姑姑爲什麼不留在花蓮？母親同小姑姑很親，像姊妹般，對小姑姑到台北工作，母親是贊成的。留在花蓮，以後，嫁做田人，一世人艱苦。母親常這麼對小姑姑說。大姑姑嫁到花蓮市區當老闆娘，每日穿得漂漂亮亮，回到娘家受人尊重；厝查某囝的小姑姑，理所當然被認定往後的生活不會比大姑姑差，到台北絕對是個好機會。

以後，妳也要到台北念書，這世人才會出脫。母親也經常這麼對我說。窮困的農村，賺食不易，台北像個金礦，閃閃發光，令人覬覦；到台北去，一直是當時父母對子女的最大願望。

豌豆藤上還盛開著紫色的花朵。我沒有見過紫蘿蘭，紫色的豌豆花很漂亮，我想，紫蘿蘭也不過如此吧。我請六叔幫我摘下竹架頂端的豌豆花，紮成一束。翻遍了屋子和倉庫，好不容易找到一個玻璃罐，裝了水放進豌豆花，擺在窗口。從窗口望出去就是台北。母親如是安慰我。我每天都趴著窗口觀望，直到豌豆花季結束。

半年後，小姑姑回來過中元普渡。瓜子臉的姑姑，成了楊貴妃的樣貌。童話故事《傑克與豌豆》，傑克爬著巨大的豌豆藤到巨人屋；小姑姑到了台北卻像巨人般的回來，但是阿嬤很高興，直說還是台北好，讓小姑姑肥又白。看著小姑姑圓圓、白嫩的臉，感覺十分陌生，小姑姑摸摸我的頭，遞給我一盒鉛筆，每根鉛筆都有圖案，聞起來香香的。我想，台北不只是像巨人屋，還是個寶地。姑姑分給家人的禮物都是我們沒見過的，每樣東西看起來都像是寶，連鉛筆都顯得那麼特別。住了四天，小姑姑又去台北了，帶著全家羨慕的眼光和阿嬤的淚水與叮嚀。

後來，小姑姑回家都是匆匆來去，連豌豆都沒幫忙採摘，又火速趕去台北。圓圓的楊貴妃臉，又瘦回瓜子臉，阿嬤直問小姑姑是不是生病了。

隔年，小姑姑回來過中秋節，帶著月餅。用各種顏色的玻璃紙包的月餅和家裡吃的綠豆凸完全不一樣。我一張張要來包月餅的玻璃紙，紅、綠、黃、藍四種顏色，月餅盒裡還鋪有碎碎的各種顏色混合的玻璃紙，我拿來布置紙娃娃的家。玩得正高興，客廳傳來阿公生氣的聲音：我講不行就是不行，汝咁知伊在大陸是不是有某？萬一那反攻大陸，妳是要隨伊去大陸。

從伯母和母親的口中，我終於知道小姑姑交了一個外省人，是個軍人，年長小姑姑十幾歲。阿公擔心對方在大陸可能已結婚，也害怕哪天反攻大陸，小姑姑將會隨姑丈回大陸，路途遙遠見面困難。這件事在家裡引起不小的騷動，鎮日看阿嬤唉聲嘆氣，彷彿小姑姑已遠嫁到大陸，而父親和伯父則嘀咕那個「外省人」比他們大那麼多歲，竟然還叫他們哥哥。後來，那個「外省人」極力證明在大陸絕對沒有老婆，至於反攻大陸也不會把小姑姑帶回去，況且，姑丈長得十分將才，人又老實、勤奮，又有分配宿舍、配給，不愁吃住，加上阿嬤也認爲雖然不能當老闆娘大富大貴，然而嫁給軍人總比嫁給農夫要強。

小姑姑結婚後，果然證實了母親的說法；上班制的姑丈，完全負起廚房的大小事物，只因爲姑姑不會做飯，況且姑姑喜歡做生意，長年販售飾品、藝器，更是疏於打理家事。結婚好些年，姑姑還是沒下廚過，每次阿公阿嬤到板橋看小姑姑都是姑丈料理三餐。母親說，姑姑就是少奶奶的命，三寶不動。家裡女眷的結論是，嫁給外省人比較好命，什麼事都不用做，賺錢當私家，還被當寶似的疼，又不用侍奉公婆，自由自在。

我是家族第二個女性離開花蓮，也是孫字輩第一個離開家園。十八歲，到台北念書。

第一年寒假，回到花蓮。母親栽種的豌豆結實累累，竹架頂端紫色的花蕊盛開，我摘了一大把擺在窗邊。我明白小姑姑不是爬著巨豆藤到台北，台北也不是寶藏之地，我和她一樣，都是一株花蓮豆，移植他鄉。

後來，母親嫌費事，再也不種豌豆，紫色的花海不復見。家族裡多數人都留在花蓮發展，自我之後，只有幾個堂妹到外地謀生、結婚，像一株株連根拔起的豌豆，移植他鄉異地，落地生根，開花結果。

豌豆，《本草綱目》中李時珍以爲是胡豆；《本草拾遺》：胡豆，非此豆也。豌豆葉皆爲佳蔬，南方多以豆飼馬，與麥齊種齊收。從這些資料看來，究竟豌豆是不是「舶來品」不得而知。然而根據吳其濬的《植物名實圖考》中的記載，豌豆似乎只是用來「秣馬」，唯充畜料；雖然是佳蔬，卻不是美味的。不知是當時的人不曉得如何烹調，或是口味有異，豌豆在台灣尤其是農村一直被當成是較名貴的蔬菜。

小時候家裡請客，全桌非魚即肉，唯一的一盤蔬菜不會是空心菜、白菜，更不會是番薯葉，雖然有時是芹菜，也必然搭配花枝炒煮，才不會顯得寒傖，而豌豆因爲一直是蔬菜中的高價位，所以被列爲較貴的蔬菜，也因此宴客時素炒一盤豌豆是不會失禮的。我一直不明白爲何豌豆比起其他的蔬菜來得貴重，或是採摘費事，或是其重量輕台語說法「輕稱」，所以論斤販售時必然比其他「重稱」的蔬菜價位來得稍高。

或者是因爲它的名字；在台灣叫荷蘭豆，據說是荷蘭人帶來台灣，說來，也算是「舶來品」，和番薯葉一比，土洋相較，當然是荷蘭豆名貴。

豌豆也好，或是胡豆、荷蘭豆，也不管它是生長在胡邦、西域或荷蘭，不管它從哪裡來，不管它是餵馬或宴客的高貴蔬菜，我都沒有改變對豌豆的稱呼和喜愛，我始終認爲它是生長在花蓮的的豆子；花蓮豆，一個好聽又貼切的名字。

茼蒿

永遠的詛咒

我們六個人在湖邊的餐廳閒聊喝咖啡，Y深褐色太陽眼鏡隱藏著哀傷。偷閒的午後，咖啡顯得特別的香，景致也特別的美麗。初秋，湖光映在我們的臉上，彷彿被溫柔的手撫摸著，是一種幸福吧。我們幾個人，從會場開溜，躲到這裡，享受偷來的下午茶。

我們都清楚Y有著深深的心事；不安的心思如湖水搖盪，握杯的手上，手錶頻頻對著眼睛。今早的一通電話擾亂了這幾天Y難得的好心情。短暫的靜默，誰也不願破壞這樣的氣氛。

終於，Y抑制不住的情緒，如波濤翻湧出來。這是個任何的安慰、勸解也沒有助益的事。只是教我們費解的是，爲什麼要戴個緊箍咒在身上？

Y，不管從哪個角度看來，不折不扣都是個女強人、新女性主義者，但是教我們跌破眼鏡的，她竟是個婚姻受虐者；心理、生理和語言上被凌虐不堪。一個女強人、新女性主義者，擺脫不了恐怖的婚姻，十分的嘲諷。在每一次信誓旦旦的要逃離魔掌的決定後，Y總如被下了咒語，乖乖的回到丈夫的身邊，因為，幼兒在丈夫的手裡，幼兒，是她的致命傷。我們非常抱憾，在新世紀的今天，法律還是站在男性的那一邊。

Y驚恐的臉色，似曾相識。

我彷彿回到五、六〇年代，鉛皮屋頂的房子內，每隔幾天就會看到的影像。

那日只上半天課，我在窗邊做功課，阿卻嬸一進門口喊完母親的名字，哇啦啦的哭了起來。不用看她烏青的臉頰，我都知道她又被打了。那個一喝酒，一賭輸就打老婆打孩子的阿旺叔，母親說，平時看起來好好的，使起性子，打某那打牛。母親和父親其實也常吵架，我想是為了經濟和工作太勞累吧。但是真正大打出手是沒有過的。我也知道，阿卻嬸哭訴完，就會回家，隔些天再來哭訴，母親是一口井，承納阿卻嬸的怨懟和淚水。

其實，母親也從未提出具體的建議，只是安慰的話語，而且每一次幾乎都一樣；內容我都會背了，不外乎忍耐、爲小孩子著想等等，只是，我不懂的是這些一再重複的話語，母親說不膩，阿卻嬸也聽不厭。

小學四年級的我，對於丈夫毆打妻子的行爲，似乎已習慣，左右鄰居都是這樣，有時，阿嬤不高興母親的態度，等父親回來，告狀完後，就會使弄父親要打母親，通常父親不太言語，這時，阿嬤就會說：無效啦，不敢打某，某奴啦。然後，嚎哭一陣，直到阿公出來喝罵她才停止。阿秀她媽媽前些天被丈夫痛打，阿嬤冷冷的說：打乎死，也敢忤逆伊大家。所謂忤逆就是和阿秀的阿嬤頂嘴。

媳婦熬成婆的阿嬤常說：尪就是天，某那梟擺，就要教示。偏偏母親個性強，又有主見，阿嬤要父親教示母親的次數太多，所以經常落得他們吵架。教示，就字面上的意義來看是，教導指示，然而那時，我所理解的教示則是：毆打。那時的婆婆嘴上最常說的是：某那無打獪乖。台灣俚諺中也有：某是錢娶的、餅換的。所以，丈夫打妻子是天經地義。

我問母親結婚後是不是都要被丈夫責打？母親說，好命的不會，歹命的就難說。母親安慰我：恁下一代可能恰好命一點。即使在那時也算是前衛的母親，仍有「女人是菜籽命」的怨嘆。母親曾狠狠的說，下輩子要投胎當男人，女人一世人未出脫。

阿惠也不想當女生。她說，伊阿嬤只疼她弟弟，因爲是孤孫，不管對錯挨打的永遠是阿惠，甚至，動輒恫嚇不乖就送去給人做媳婦仔。阿惠就很羨慕我，雖然同是女生，阿嬤至少不會對我恫嚇，我也不必做任何家事，不用背弟弟，整日跟著堂哥玩。其實，父親偶爾也會處罰我；從小學一年級到六年級，只要考試未達到九十分，父親就會拿細竹枝打我手心，少幾分打幾下，這也是父親唯一處罰我的機會；兩個弟弟經常被父親責打，和成績無關，後來我才知道，父親望女成鳳比望子成龍還要心切。然而，我比堂哥、弟弟會念書，卻也成了阿嬤口中的「豬不肥，肥到狗去」。

冬至，父親從田裡摘了幾乎是一籃子的茼蒿給母親煮鹹湯圓。母親要我幫忙全挑好洗淨，還特別強調「攏總」。餐桌上，父親指著湯圓裡的茼蒿，下午那一籃都在這裡了。五歲的弟弟還沒有多寡的概念，呼嚕呼嚕的喝著湯。

「茼蒿，也叫打某菜。眞早眞早以前，有一個人提一大籃的茼蒿叫伊某煮，結果煮好只有一盤，這個人以爲是某偷吃，起手就打伊某。」父親很喜歡對我們機會教育，尤其是在他熟悉的農植物上，總是竭盡所能把知道的告訴我們。一大籃蓬鬆的茼蒿，下鍋後成了一盤，就像變魔術般；父親說明「打某菜」的由來，我更是不可置信，雖然習慣丈夫可隨時不須任何理由毆打妻子的情況，卻很難理解只爲了妻子「偷吃」就必須被打；因爲阿嬤常說「吃飯皇帝大」，再大的犯罪，也不會因爲吃飯挨打。父親說，過去實在太窮沒得吃，所以「吃」對一個家庭是最重要的事，所以與吃有關的都是重大的事情，因此妻子偷吃和忤逆長輩沒什麼兩樣，都很嚴重。

四、五〇年代，因爲「吃」打老婆；六、七〇年代，因爲忤逆，妻子必然得挨揍；八、九〇年代，女人還是處於被虐的情況，因爲，妻子還是被認定爲丈夫的財產之一，女人還尙未成長爲一個「人」。

同學阿惠國中畢業到工廠做事，一做十年，結婚唯一的條件是丈夫不得打老婆。連生兩個女兒，阿惠說，懷老三時確實有些緊張，不過也決定如果再是個女兒，也絕不再生育。對於唯一的兒子儘管婆婆有些溺愛，阿惠堅決兒子與女兒同等看待。

九〇年代，我在都會長大的朋友，屢屢沉陷在婚姻的暴力中。

Y，一路讀明星學校，父母的掌上明珠。大學畢業從事最時髦的傳播業，還從事女權運動。一腳踏入愛情、婚姻，人生大逆轉，如踩在泥沼，脫拔不得，幾近滅頂。

入冬，氣溫逐漸下降。我抱了一大袋茼蒿，晚上火鍋的蔬菜。完全沒有烹調概念的女兒，當然不會在意丟在火鍋裡的茼蒿是否「變少」，也不知道茼蒿又叫「打某菜」。

《植物名實圖考》：茼蒿，俗稱菊花菜。大概是茼蒿的葉片、花穗與菊花相似。茼蒿，也被認爲是蓬蒿，但蓬蒿有一說法是，野生細如水藻，可茹而非園蔬。袁枚的《食單》有蓬蒿菜，烹調方式簡單，「取蒿尖用油灼癟，放雞湯中滾之，起時加松菌百枚。」這裡的蓬蒿看來不像是茼蒿菜，不過，不管什麼蔬菜，那樣的烹煮必然是美食。從各種文獻中，都沒有找到有關「打某菜」這個特殊的別稱，想必只有當年窮困的台灣才有。

打某菜這個殘忍的別稱逐漸被淡忘，茼蒿也不需要再背負這個沉重的稱謂，然而，暴虐如同一個永遠的詛咒，婚姻暴力事件，並沒有因爲年代、教育程度的不同而絕跡，許多幽暗的角落，仍舊躲著一個個哭泣的女人。

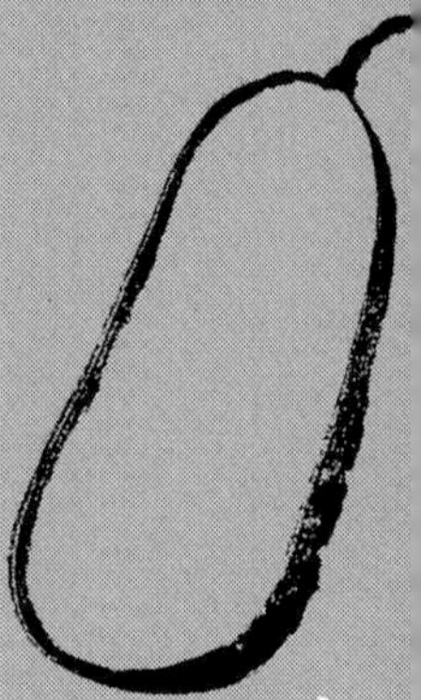

冬瓜

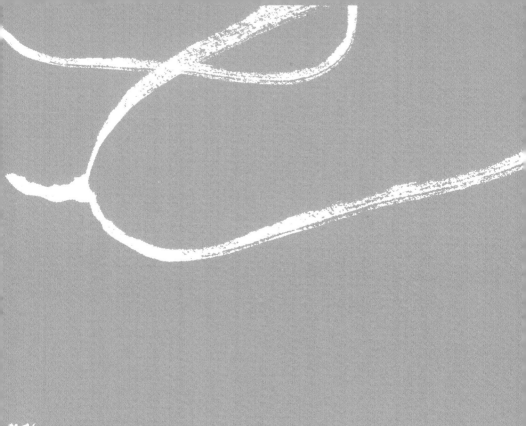

清澈的溫柔

她說，沒關係你們可以叫我冬瓜，那是我的綽號，叫習慣了顯得親切。

後來，我們都沒有人叫她冬瓜，但是，那個綽號如烙印似的，留在我的心裡。

再後來，我們終於明白，冬瓜，不只是形貌的因素，也是她的內在，清爽乾淨。

她長得很高大，很碩壯，像男生一樣。一頭鬈曲、膨鬆的頭髮，一臉較女生粗線條的五官，使我們戲稱她是「貝多芬」。班際籃球賽，她是理所當然的主將；壁報比賽，也是她一筆一刀做出來，我們習慣凡事有她就可以了。好些時候，我們忘了她是女生，忘記她也有溫柔。或許，因爲我們的需要，她刻意扮演著男性的角色，刻意粗魯。

在同性戀還是一個罪大惡極，還是不得見光的禁忌，在她的身上，我們見到一種曖昧的情感；女校，沒有任何感情的出口，某些情致會被擴張渲染，甚至被誤判，而她也似乎被催化去跨越那道性別的界線。

我們猜測、懷疑，直到那件事情爆發。

青春，即使在聯考的壓力，仍抑不住那股活潑的氣力。A卻是個異數，十足表現出柔弱女子的樣子。剛柔兩極必然會相互吸引，葛藤攀附在枝莖。A和她的情況，我們認定那是領袖風格與被護愛的情況。那時不作興同性戀，即使斷袖之癖，課堂上老師也含糊其詞，朝向皇帝愛戴臣子方面解釋。

那天，我們理所當然喚她做使力的事情。平時不在意的她，突然發狂似的吼出：我不是男生。

在靜默許久後，她近乎哭泣的訴說從童年至今的委屈。

出生時，她顯得比一般的嬰兒嬌小，母親擔心她的身體，一日數餐盡心的餵養，不到三歲她成了小胖子，母親很欣慰，更努力的要她進食。胖得很可愛，成了母親辛勞的代價。她說，身寬體胖。從小她就是家裡的開心果，不知道什麼是悲傷。過度的肥胖，小學時她老被嘲笑，冬瓜，是她第一個也是唯一的綽號，像烙印牢牢熔鑄在心底。

她說，自我解嘲是最好排除悲傷的方法。

爾後，她每每以諧星般的姿態面對日益擴張的身軀。沒有人再取笑她的身材，除了她自己，因爲她總是快人一步把自己嘲謔一番。回家後，她特別靜默，因爲在學校笑完了。母親擔心她過度的安靜，用食物做爲慰藉，她也用食物塡補內心的空虛，蓄足明日嘻笑的本錢。到了國中，她長高了，卻沒有變瘦，魁梧的身材，從此讓她失去女生的樣子，反成爲保護女生的角色。

其實，我是女生。她哀傷的說。

因此，她和A刻意疏遠，甚至在一次的爭吵中兩人絕裂。

直到大學聯考後，我們總是小心翼翼的，深怕再刺傷她。但是，我們終究輕忽她眞正的內在與那股強烈的柔軟。

聽說，念大學的她完全排斥穿褲裝，高壯的她穿起裙裾確實有些怪異，引發了某些笑果。我想，她明瞭的，不過，要尋回內在的自我，這樣的過程似乎是必然的，和女權運動者一樣，剪短頭髮，穿著西裝似的衣褲，兩肩墊得厚厚的。而她明明是女生，只因爲男人相貌，刻意打扮成女性，反顯得格格不入。

也是聽說，堅持不久之後，她隨興打扮，也不再在乎別人拿她當男生。有一天，總有人欣賞我。她很篤定這個世界上，有一個人是爲她存在的。

而A也在進入大學之後，有了男友，認清自己情感上的本質。

好些年沒有她的消息。連聽說都沒有。

再遇見她是在我們各爲人母之後。

醫院兒童科的候診室，一幅美麗的畫面。削得薄短的頭髮，一身輕便寬鬆的吊帶褲，她蹲下來爲女兒擦拭沾在臉頰上的巧克力糖漿，溫柔的聲調和碩壯的身材，令人不得不注意。這個熟悉的背影、聲音，還是無法讓我想起她的面孔。在她抱著女兒從診療室出來，和我迎面相對，我確定是她！

餵完女兒瓶中的開水，她才開口說話。

「我就是冬瓜。」這竟然是她的第一句話。

從她溫柔的舉止，我相信她有個快樂的家庭生活。

我丈夫不在意我的外表，我也開始相信自己是美麗的。她有些靦腆，還是緩緩的訴說著她的婚姻和工作。從事兒童繪畫教職，帶給她一顆年輕快樂的心。晚婚，又十分困難才懷孕生女，她笑著說，遲來的幸福。以前很討厭別人叫她冬瓜，現在丈夫膩稱她爲冬瓜。因爲，她是個開心果，不過不是爲取悅別人。她特別強調「心涼脾透開」。她還說，特別喜歡石濤的畫冬瓜，淡淡幾筆的勾勒，寫盡了冬瓜的特質。也許當了母親，又有著幸福的婚姻生活，雖然碩壯依舊，整個顏面的線條卻十分的柔和、圓潤，增添幾分美感。望著她離去的背影，確實可以幾筆就勾畫出愉悅、清淡的身影。

在學會烹調後，特別喜歡冬瓜入菜，夏天煮湯，冬天學客家菜紅燒成冬瓜封，也可以煎炒。一般蔬菜的常識，冬瓜是屬於涼性類，被認為退火解毒。曹雪芹認為女人是水做的，所以溫柔、清澈；蔬菜類中冬瓜也是水塑的，清爽宜人。

據袁枚的《食單》：「冬瓜之用最多。拌燕窩、魚肉、鰻、鱔、火腿皆可。揚州定慧庵所製尤佳。紅如血珀，不用葷湯。」不用葷湯，大概是袁枚希望冬瓜的「清」不要被葷染了。除了食用上可多樣搭配外，還有某些療效。《冬瓜本經上品》：「一名白瓜，削敷癰疽分散熱毒最良，子可服食，皮治跌撲傷損，葉治消渴傳瘡。」《滇南本草》，治痰吼氣喘又解遠方瘴氣，小兒驚風，皮治中風，煨湯服效。《植物名實圖考》又有象腿瓜的名稱。

根據許多關於蔬菜的文獻資料看來，冬瓜的皮、瓜肉、籽，甚至連葉子都有「療效」，是絕對的「佳蔬」，另外，冬瓜是可以貯存很久的蔬菜，夏天採摘，可以收藏到冬天，所以才有冬瓜之名。

一直很喜歡冬瓜的外貌和線條，簡單、美麗，雖然有些巨大，卻有一種厚實柔潤的感覺，內在是清透、乾淨的。當然，最主要的是，我始終記得有一個同學就叫冬瓜，那個把美麗潛藏著、那個不須依附外貌活得十分自在的女人。

番薯葉

過溝菜

每日接近黃昏，我喜歡和小阿姨到菜圃裡割豬菜，因爲，番薯藤下躲藏了許多蝸牛，尤其雷雨之後，我喜歡看蝸牛爬行。那時，我大約五歲，經常給番薯藤絆倒，最大的願望就是長大後要割除番薯藤。

豬菜，其實就是番薯，也稱作地瓜，有些南部人稱爲過溝菜，也因爲種類，分成給人食用與給豬吃的。

曾經，番薯是經濟作物；餵飽一家人以及禽畜。但是，父親和番薯彷佛有仇，老喜歡提及祖先栽在番薯藤的故事。在好幾代以前，我們的祖公從泉州來台灣謀求生活，在安溪縣的鄉下沒見過什麼世面的祖公帶著妻、弟，飄洋渡海，千辛萬苦終於來到聽說最適合種植番薯的台灣，首先到了台北士林，看到了一片爛泥巴似的田地，他搖搖頭，這種「濫仔田」種不了番薯，會餓死人。於是離開士林到大稻埕尾、江子翠，結果又是一片濫泥田，這樣的土質不夠乾爽，種番薯會過於潮溼腐爛。再往南走，到了桃園大溪。終於找到可以插種番薯的旱田。因此，我們的祖公就在此定居。那不好嗎？我問父親。旱田種出來的番薯又大又甜，使得祖公整個家族免於挨餓當然是好，但是不到幾年，台北士林大發展全蓋了樓房做生意，連江子翠也繁榮起來，房子一棟棟的蓋，店面一間間的開張，原本被認爲不適宜種植番薯的「濫仔田」全變成了生金蛋的母雞。唉，父親嘆了口氣，我們的祖公還是依舊戴斗笠揮汗的種番薯，餓不死，卻也發不了財，苦哈哈的過了幾代。

因爲這樣，致使他的後代，也就是我的阿公，在日治時代從桃園大溪移民到花蓮開墾，希望改善生活，阿公到花蓮時特別留意可以種稻，不是種番薯的田地，於是在當時吉野，現在叫吉安的地方落腳。父親還是嘆息；日本戰敗後，來台的日本人遷回日本，留下日本移民村，當時，任何人都可以占爲己有，日本移民村的厝地一般都很大，很舒適。阿公也占據了一家，卻因厝地實在太大了，阿公擔心萬一付不起稅金怎麼辦？只好放棄尋找一間小小的房舍。唉，父親又嘆氣了，後來根本沒有稅金的問題，只要登記就可以了，雖然地是屬於政府的，住一輩子也不是問題。至今事過幾十年，父親還在惋惜那間大房舍與厝地就這麼沒了。驚驚未著等，害怕永遠得不到第一等的意思，這是父親對我們的期許。

這兩個故事，父親是要告訴我們人要有遠見，不要只圖眼前的溫飽，另外，不要擔心看不到的未來，未來的事可以臨機應變。

不知道是祖公選擇番薯田的因素，還是從小吃怕了番薯，父親絕不吃番薯與地瓜葉，他總是輕蔑的說：那是豬菜。

五、六〇年代，幾乎每戶農家都種植番薯，而且栽植兩種，一是食用的，一是豬吃的。食用的叫番薯葉，豬吃的叫豬菜，差別在葉子以及能不能結地瓜。豬吃的番薯葉子不大，葉莖短短的，並且會長出一顆顆番薯，窮人家用來煮稀飯，較富裕人家則煮熟餵豬，更早之前，番薯刨成籤曬乾，荒年當飯吃，或加少許的米粒煮成一鍋稀飯；食用的番薯葉，葉片較大，葉莖很長，結出來的地瓜不是很大，這類的番薯主要是吃葉子的。其實，食用的番薯葉在處理上很費事，必須撕去長莖上的皮膜，一盤的番薯葉，常使我的指甲變黑。母親的番薯葉只有兩種烹調方式，一是蒜瓣爆炒，一是燙熟拌油、醬油蒜瓣等，炒番薯葉多半是風災、水災或颱風蔬菜斷炊時，易長易生的番薯正是最佳的救急蔬菜。

隨著台灣經濟起飛，番薯逐漸在農村沒落，卻悄悄的在都市興盛。

結婚後，父母親來探望我，帶他們到餐廳吃飯，一則新鮮感，一則我不善於炊事。那時，台北剛流行台灣小吃，我選擇了一家台菜館，點了地瓜稀飯、番薯葉、菜脯蛋和其他的台灣小菜。父親臉色沉沉的說：俉台北人攏請人吃番薯？我想他大概覺得有些掃興，難得來台北一趟，我竟然請他吃番薯。爲了彌補他的缺憾，我趕緊再點一些難得一見的台灣菜。結果一頓飯下來，吃得他面有難色，結帳時，母親惋惜的說，要吃這些，我來煮就好了，只要五分之一的錢。後來，只要父母親來台北，什麼館子都請他們嘗新，就是不吃台灣小菜。

番薯，和政治、潮流似乎相依相生。

以前，在傳統市場很不容易買到，和野菜一樣，都得在產地才能見到。現在，連超市都有山蘇、蕨，番薯葉更是熱門蔬菜。醫學上還有一則說法，番薯葉有治癌的功能，地瓜和紅蘿蔔一樣也有防癌的作用，姑且，不管是否確實，然而，番薯不必過於施肥，無須噴灑農藥，讓人可安心食用，不必擔心農藥殘餘，傷害身體，卻是不爭的事實。

番薯地位翻身，政壇也變天，番薯囝成了總統、副總統，這在五、六〇年代，沒有人敢想像，敢想的都進牢裡思想改造了。即使七、八〇年代，也沒有人會相信；就像當時像沒有人會認爲番薯有一天成了時髦菜，碗粿成了國宴的菜色。

母親喜歡種菜，菜圃裡一直栽種番薯。父親還是不愛番薯，理由是：比它好吃的菜更多。每次回家，我喜歡在菜圃散步，看看蔬菜種在泥土，散發著一股強勁的生命力，踩在濕潤的泥土，讓我覺得踏實。番薯藤緊密的交纏著，葉片寬大交疊，我分不出這是食用的，還是豬菜。

黃昏，父親提著桶子和鋤頭，問我要不要到菜園掘番薯？撥開薯藤，他說，現在的品種沒有特別區分食用與豬菜，目前豬吃的是飼料。掘開田土露出一串的番薯，我一顆顆拔下丟到桶子內，彷彿回到十歲左右；父親犁過的田土，肥大的番薯掛在藤上，我和弟弟拔下番薯放進畚箕裡，太陽沉沒到山後，好幾麻袋的番薯立在田埂。這些番薯，有的和著番薯藤煮熟了餵豬，有的戳成簽曬乾以備不時之需。伯母或母親會挑幾顆較好的，隔天煮番薯湯當點心，或做成番薯圓仔。

我仔細端詳泥土裡的番薯，不大，顏色偏紅紫。父親說這個品種的番薯很甜，隨口說了一個十分專業的名字「台農六十六號」；蔬菜，以號碼稱呼，是農耕上很常見的，方便播種與栽培。突然讓我想起關於番薯的文獻資料。

有關於番薯的文獻記載，大同小異，對於「番」的解釋也不明確；諸橋轍次的《大漢和辭典》：番薯，芋的一種，薩摩芋。《直省志書．蒲田縣》：物產，番薯，有白紫二種，可佐五穀之半。《直省志書．清流縣》：番薯，來自南海、濱海，不耕者，種以充糧。董天工的《台海見聞錄》：番薯，結實於土，生熟皆可啖。有金姓者，自文來攜回種之，故亦名金薯。閩、粵沿海田園栽植甚廣，農民咸藉以爲半歲糧。另外，在現代文獻資料，吳昭其的《台灣的蔬菜》中，稱爲甘薯，「別稱，番薯、地瓜、過溝菜、田薯、土薯、紅薯。」這麼多的名稱當中，我最喜歡「過溝菜」以及「地瓜」，「番」字的由來很薄弱，而且有霸權的欺壓和歧視。番薯，台語唸「甜薯」音，「甜」，不知是甘的轉音，或番的口語，而我寧可相信是「甘」。

番薯藤會翻爬越過溪河；祖先由福建來台越過黑水溝，祖父母由桃園大溪到花蓮，我和弟弟移北定居，從一條溪河越過一條溪河，都是十足的過溝菜，過溝，落地生瓜，雙腳所踏，就是故鄉。

一小段的番薯壟，很快就掘好了。滿滿的一桶。

明天煮番薯湯。父親提著桶子，回頭對我說。

卷肆

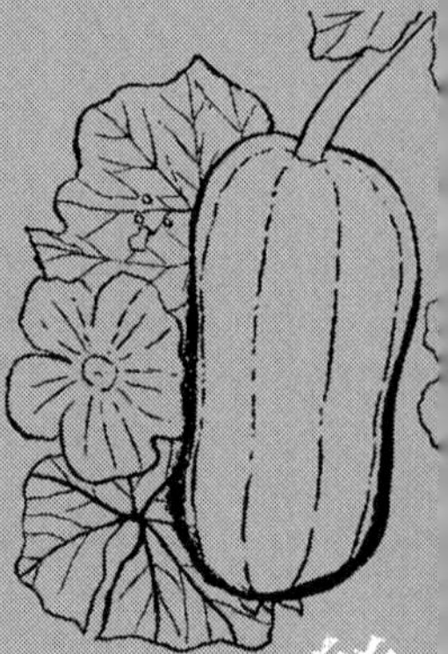

絲瓜

老圃秋藤

女兒要我畫一幅家的圖畫。

我速寫似的畫了一棟尖屋頂，煙囪正冒著煙的房子。屋旁一棚竹竿搭建的絲瓜圃，架上攀爬著茂密的瓜藤瓜葉，一條條垂掛鮮翠的絲瓜。瓜圃上一朵朵的絲瓜花，幾隻飛舞的小黃蝶和蜜蜂。

這幅畫，我想都沒想，彷彿早已貯存在腦海裡，隨時可以印製下來。

女兒問我，這是誰的家？這是媽媽小時候的家。

其實，也是我最喜歡的家吧。

尖屋頂的鐵皮屋，女兒沒見過，有煙囪的房子，女兒以爲是外國人的屋舍。

我對女兒說，小時候我就是住在那樣的屋子，屋前還有稻埕，曬稻穀用的。房子旁邊種的是不是絲瓜？爲什麼從以前到現在，阿嬤家一直都有絲瓜棚？

不管住的是鐵皮屋或花園洋房，家裡的確一直搭種絲瓜，以前是在鐵皮屋後，搭了幾個竹架，種滿了絲瓜、瓠瓜，還有南瓜。後來，父親在田裡建造花園洋房，屋旁的田地，父親仍舊搭了竹架栽種絲瓜，二十多年來不曾間斷。絲瓜圃彷彿成了家園的一景，沒有它就不成家園。

小時候，左右鄰居家家戶戶都有絲瓜圃，就像曬衣架般，是必備的。

早期的農村並沒有菜市場，蔬菜是自家種的，雞鴨就養在後院，只有年節祭日才會宰殺，豬肉則有固定的肉攤，但僅限於特殊的日子或逢年過節才會出現在餐桌上；至於魚，是魚販騎腳踏車，一村一村的叫賣，種類不多，最常見的是鰹魚，裝在墊著姑婆芋葉的竹簍裡，不管冬天或夏天連個冰塊都沒有，卻從不會有人在意夠不夠新鮮，是不是壞了，三、五天，或一個星期才來一趟，有魚可買比新不新鮮還重要。左右鄰居經常相互贈送蔬菜，與其說是贈送，不如說是交換來得貼切，不過絲瓜每家都有，不會拿來交換。

絲瓜圃還是小孩子嬉戲的好場所，夏天可以躲在瓜藤下玩扮家家酒，平時是玩捉迷藏最佳的藏身地方。有些人家特別將鴨子養在瓜架下，即不必另外搭鴨寮，下雨天，絲瓜圃下會爬滿鴨子最愛的蝸牛。除了實用，其實瓜圃也有美麗景致的時候，一朵朵黃色的絲瓜花布滿在圃架上，像座黃色的小花園，招惹許多小黃白蝶、蜜蜂飛旋在花蕊上，增添素樸的農村一些色彩。

絲瓜一向多產，尤其盛產的季節，經常是多得吃不完，一顆顆變老變粗的絲瓜仍舊掛在藤架上，一來留做種籽，再來瓜瓤是最好的洗滌用具，是眞正的菜瓜布；《老學菴筆記》裡提到「絲瓜滌研磨洗餘漬皆盡，而不損研。」正是絲瓜瓤絡的好處。和瓠瓜一樣，老去不能吃的瓜肉變硬之後，都是現成的廚房器具；瓠瓜的硬殼曬乾剖成兩半，除去瓤肉拿來當水瓢。

女兒以爲我在說很久很久以前的故事。不過，她有興趣的是，絲瓜又不好吃，爲什麼阿嬤每年都要種？絲瓜膩軟的口感，讓女兒不敢咀嚼，一直是她們討厭的蔬菜之一。從來沒有問過母親爲什麼年年種絲瓜？或許印象中，絲瓜是農村的一景，沒有它，農村不像農村。我也從沒想過絲瓜難不難吃的問題，貧困的年代，沒得選擇，然而母親善於炊煮，即使是簡簡單單的蔬菜，母親仍舊很重視火候，除了苦瓜外，我們從來都認爲食物是可口的。

終於問母親爲什麼年年栽種絲瓜？不種絲瓜種什麼？母親的回答讓我啞口無言。種植絲瓜對母親來說，就像吃飯、睡覺，不需要什麼大道理，沒有特別的因素。對母親而言，不種絲瓜能種什麼？對女兒而言，不種絲瓜可以種別的，當然也可以什麼都不種。有一陣子，我常陷入這個迷宮；母親屬於無從選擇的年代，女兒則是什麼都可以挑選，而卡在其中的我，困惑而沒有主見。

輪到小女兒要我畫房子時，我還是畫了尖屋頂的房舍、冒煙的煙囪和一棚絲瓜圃。故事又得從頭說起，那個遙遠遙遠我的童年，那棚不知道爲什麼要搭建的絲瓜圃。農村是什麼？就是很多人種田的地方。阿公是農夫嗎？阿公曾經是個很會種菜種稻的農夫。當農夫好玩嗎？不好玩，很辛苦。爲什麼阿公要當農夫？終於，又回到選擇的關卡。小學時，我也曾經問父親爲什麼要當農夫？

可以當老師，也可以做生意。父親回答我：不種田，做什麼？母親爲什麼要種絲瓜和父親爲什麼要當農夫，似乎都是無從選擇，或是認命。

尖頂的鐵皮屋一棟棟變成水泥公寓，農夫也一個個老了、凋零了，後繼無人，當然絲瓜棚愈來愈少，絲瓜成了農田上專業的栽培，甚至研發了各種類型，例如蛇瓜、澎湖絲瓜，形狀、口味都不盡相同，的確豐富餐桌上菜餚的選擇。

物資富裕，沒有人再使用瓠瓢取水，塑膠製的絲瓜布取代了眞正的絲瓜絡，小孩都躲在冷氣房玩電腦，誰還需要絲瓜棚？然而娘家的屋旁，仍舊年年堅持搭一棚絲瓜圃，卻意外的讓我在繪畫屋宇時有憑有據。

一群碩大的黃蜂飛旋在黃色的絲瓜花上取蜜，嗡嗡的聲音，給過於寂靜的瓜棚增添幾分熱鬧。幾條大小不等翠綠的絲瓜掛在藤莖上，母親說，今年大概可以蒐集絲瓜露了；在絲瓜採收接近尾聲時，把粗壯的絲瓜主藤切斷，斷口處放置瓶罐任藤莖的汁液慢慢滴入，一整夜下來，大概就可以滴滿一瓶，這些略帶黏稠的汁液就是絲瓜露。絲瓜露和絲瓜的性質十分相似，都是清涼退火的，絲瓜露加水飲用，去毒解熱，或是塗抹在臉上，據說可以養顏美容、消除青春痘。絲瓜最後的一個用途；枯乾掉的藤莖，還可以當材火燃燒。或許，這就是爲什麼農家喜歡栽種絲瓜的原因吧。

女兒問我爲什麼叫絲瓜？

絲瓜，台語叫菜瓜，大概是可以當菜的瓜類吧。

絲瓜，在李時珍編《本草綱目》時才收入蔬菜類。因爲「其瓤有絡」，所以稱爲絲瓜。書中還提到「此瓜無甚味」。雖然「無甚味」卻很入詩，關於描述絲瓜的詩不少。其中宋朝杜北山的「數日雨晴秋草長，絲瓜延上瓦牆生。」可以說是最生動，頗有老圃秋藤宛然在目的感覺。

女兒不再要我畫房子，也不在意阿嬤家是否有絲瓜棚，唯一在意的是爲什麼要吃絲瓜，斤斤計較只吃一塊或兩塊。談到口味，多數的蔬菜，東西南北烹調的方法大同小異，較大的差別大都是在搭配上。而素炒的蔬菜，最明顯的不同在於調味料。母親的炒或湯煮絲瓜就是特別的例子，不管炒或湯，絲瓜的調味料與一般的蔬菜不同的是加糖不加鹽。突然想起《本草綱目》中「此瓜無甚味」，母親以糖做爲調味，或者是最佳的選擇。其實，蔬菜加糖，不單是母親一個人的作法，結婚後第一次吃到婆婆糖炒豇豆，甜膩的口感，又因爲不是預期的味道，差點當場吐出來。然而絲瓜加糖至今恐怕也算是母親的獨門作法，因此，在外面吃到加鹽的絲瓜，她竟然還會理直氣壯的怪別人：絲瓜怎麼可以不加糖？絲瓜加糖是外婆的調理方式，所以對母親而言，和種絲瓜一樣，不加糖加什麼？每次回家，母親一定會煮絲瓜湯，她也總會說，妳外面吃不到的。

在口味上，母親堅持「要」，女兒堅持「不要」，我又是擺盪在「無所謂」之間。堅持的理由也仍舊很簡單，就只是「要」與「不要」而已。

有時，感覺自己就像絲瓜，加糖加鹽都可以，無所謂堅持。

年年栽種絲瓜，是父母親的堅持，我也習慣有絲瓜圃的家園，彷彿那是家園的標記，老圃秋藤，我畫家園的範本。

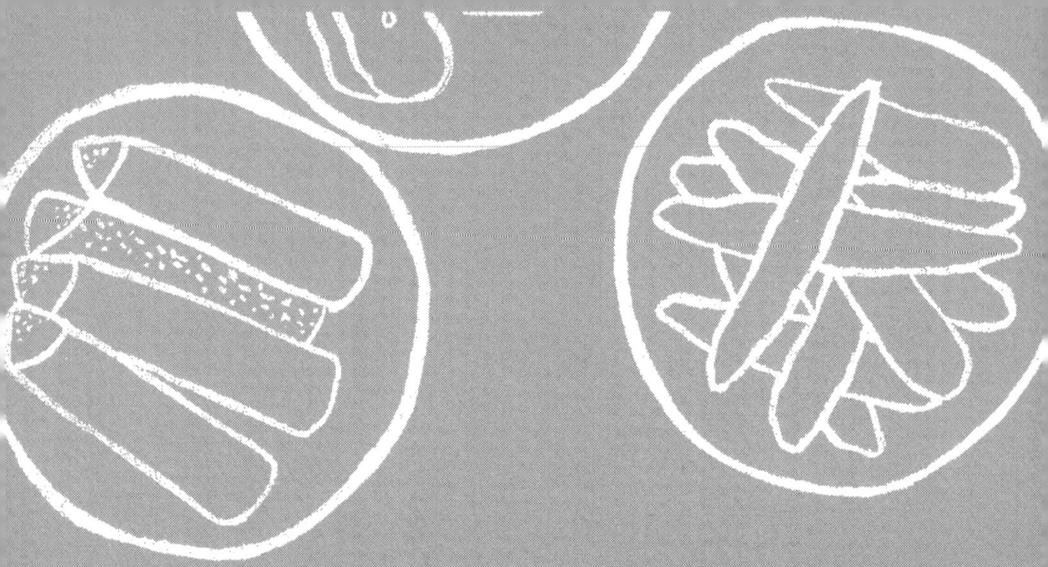

醬菜

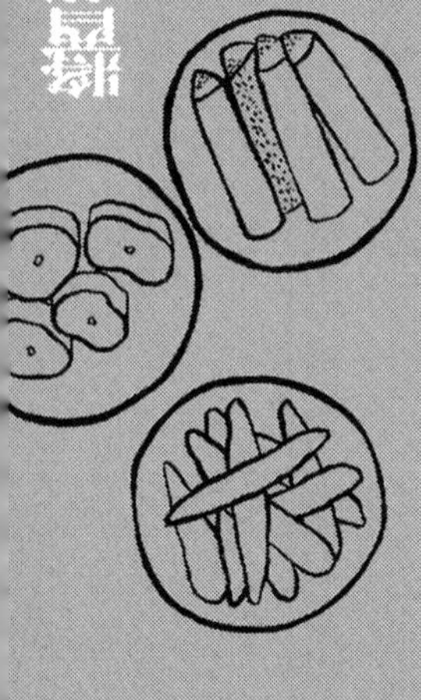

被封藏的青春

母親這幾年興起醃製醬菜，這些醬菜多半不是拿來食用的，其實是母親用來封藏往事和記憶。貯藏室一個個的陶甕，彷如幾個胖女人蹲坐在那兒閒話家常。隱隱外溢的醬菜味，像藏不住的祕密，等待有人去開啓、撩撥。

對剖，刮去籽的大黃瓜、越瓜，以及小黃瓜，略略灑些鹽花，晾在稻埕的一角曬太陽；有時是冬瓜切大塊，有時是蘿蔔、芥菜。小時候不了解光合作用，始終弄不懂爲什麼同樣在陽光下，瓜藤上的黃瓜青綠飽滿，稻埕上的卻是黃褐色又癟又皺。我以爲綠色如雨水般滲入躲進地底下了。不僅顏色不對，連味道咀嚼的勁道也大大不同。不管冬瓜、黃瓜、芥菜，一旦進了陶甕，都統稱爲醬菜，名稱上也都加了醬字，好像女人結婚，統稱爲太太，而且還冠了丈夫的姓，結婚後的女人多半去名掉姓，成了「某某太太」。

年輕時，母親非常不愛醬菜，她總是說，新鮮的不吃去吃醃醬的。也許是受母親的影響，加上早餐不作興吃稀飯，醬菜，一直不受家人的喜歡。唯有童年在外婆家早餐必然是稀粥，有時吵著母親要稀飯。

退休後，母親利用荒耕的農田闢一小塊當菜園，新鮮時蔬四季不斷；不知道是過剩的蔬菜，使母親生起醃製醬菜的念頭，還是母親的心態改變了。母親自己也說不出個所以然，全推給：人老了，想法會變。

晚睡晏起的我，從來都趕不上早餐，但是每次回家，母親會熬一鍋稀飯，擺上三、四碟的醬菜，有我喜歡的醬嫩薑、豆腐乳、醬瓜、醬冬瓜，或鹹蛋。認爲稀飯是生病的人才吃的父親，在我回家時，偶爾也會捧場吃稀飯，母親特地增添麵筋和肉鬆；父親不吃醬菜，我不愛肉鬆和麵筋，然而這頓稀飯早餐，滿桌的醬菜我們吃得很愉快。有時，母親會隨口教我如何醃製醬菜，例如「嫩薑加鹽半天就可以吃了，很簡單，想要好吃再放些黃豆醬，存在甕裡可以放好久。」至於較複雜的醬瓜、蘿蔔乾，也會約略的說一下，雖然她明知我不會動手去做。教，或者，就是母女之間的傳承吧。曬過的蔬菜乾，加鹽、豆醬放入甕中封存，母親特別提醒得加酒，才可以長存而不發霉。醬菜，醃存一段時間味道才能顯現出來，才會有甘醇的醬菜風味；每當首次開封醬菜甕，母親彷彿欣賞骨董般的評斷一下色澤和香味，做為下次改進的準則。不常開罐的醬菜，母親也不擔心是否會敗壞，反正壞了還可以再醃製。醃製的過程和存在，恐怕才是母親所重視的。

醬菜對我，也是個存在；早餐與回家。

《齊民要術》：無藏胡瓜法，蓋不任糟醬。遵生餞蒜瓣搗爛與瓜拌勻，酒醋浸，北地多如此，近則與辣子同浸，無蒜氣而耐藏。這一段所描述的醬瓜醃製法正是大陸北方早期醃製醬瓜的方法，更確切的說法，比較像現在的泡菜製作，因為台灣式醬菜的醃法多半不會加入醋，用的則是「糟醬」，而且多半是黃豆醬或豆豉。

醃藏食物，古今中外皆有，最初爲了以備不時之需，慢慢才演變成注重口味，因爲區域的不同而有相異的醃製方式。

醃製的食物，讓我想起女人的青春、歲月。

那是一個奇異的早晨。到國外旅行，也許這個飯店大半是接待華人，早餐是中西合璧，任君選擇。我選擇了生菜沙拉、一小碗稀飯、些許醬菜，會做這樣的搭配連自己都覺得意外，或許，當時希望兼顧營養與懷念家鄉的口味吧。醬瓜和生黃瓜、酸黃瓜一起放在盤子上，三種截然不同的顏色，不同的味道、口感。窗外是一汪大湖，連著森林，我彷彿立於第三度空間，望著不同族群的人忙著醃製不同的醬瓜，其中，有母親的身姿。

女人都有一口甕，用來熬製生命。

阿嬤今年九十一歲，皺紋爬滿了臉頰，顯現了一種奇特的美感，沒有性別，沒有年歲的差異；從七十歲至九十一歲，阿嬤似乎都一樣，二十年的歲月，彷彿停頓在阿嬤的臉上。然而，二十年，在母親和我的臉上卻有了極明顯的改變，我們都感覺到時間在臉上的壓力。那樣的壓力就像開封醬菜時的發現，所有的改變都是在暗中進行，賊似的無聲無息。

今年醃的醬瓜真是漂亮。母親從甕中挾出幾塊醬瓜，像是對自己創作的作品般的讚美。褐色的瓜肉，布著一條條清晳的紋路，汁液閃著光亮，猶似一塊絕色的琥珀，蘿蔔乾如一條條的陶胚，濃濃郁郁的菜根香從甕中散出，和新鮮的黃瓜、蘿蔔青生的味道完全不同。

醬瓜褐色的汁液滴在稀飯上，劃出一小塊的區域，黑斑似的在白晳的稀飯上。那一刻突然明白，女人一旦結婚後，就逐漸進入醬瓜的生涯，逐漸黯淡的顏色，日漸枯皺的皮膚，像極了醬瓜上的條紋，家庭的生活就像甕中的醬瓜慢慢的發酵、熬悶，然後變甘變醇，醬汁也變得甘甜，瓜肉發亮。醬壞了的瓜肉和醬汁都會發酸而至腐壞。

九十一歲的阿嬤，宛如一罈陳年的醬瓜，年歲的沉澱，青春的熬製，生活的發酵，全在婚姻家庭中無聲無息的進行。

初春，廚房裡，仍有一些涼意，稀飯的熱氣如霧嵐飄浮著。母親在屋外打掃，父親晨泳還未回來，假日的早晨，所有人都晏起。靜謐的餐桌，響脆的醬瓜聲在齒間迴盪。和阿嬤、母親不同，我的青春並未完全浸泡在廚房，廚房，只是我另一個工作檯，然而，我還是有一口甕，我的青春依然逐漸老去，容顏褪色，皺紋在臉上攀爬，無聲無息的在甕中進行，甚至連何時入甕都沒有察覺。

從青蔬到醬菜，我在餐桌上推演它們的關係。

醬菜必然想到母親；甕，想到女人，想到廚房、醬菜，也可以聯想到黯淡的顏色；甕，想到封閉；廚房，想到狹窄的空間。然後，我列出這樣的排列關係：青蔬→醃漬→甕→醬菜→稀飯→廚房→女人→青春。空間／狹窄，顏色／黯淡，味道／甘鹹。母親是在我所羅列出的這些時空中度過她半生的精華。

甕中的人生，封藏的青春歲月，不知母親的味道是如何？

母親進入屋裡，問我醬菜好吃嗎？我知道這些醬菜是母親親自栽種、曝曬、醃製、封罐；母親手上還拎著一把剛從菜圃裡拔回來的嫩薑。等一下醃一醃妳帶回去。嫩薑可以現醃現吃，也可以貯存，差別在於辛辣味道的程度。母親又翻出幾罐不同的醬菜，有醬瓜、梅子漬嫩薑，獻寶似的要我一併帶回去。其實，我和母親都很清楚，這些醬菜像是廚房的擺飾品，很難有機會上桌。給女兒拎點東西回去，大概是很多母親的心願，所以台灣諺語中才會有「查某囝賊」；什麼東西都要女兒帶回夫家，大概是想博取公婆的歡心，讓女兒日子好過。

拎著醬菜，彷彿提著母親親自封藏的歲月和細密的心思，我存放在廚房，看著列在架上陶或玻璃的醬菜罐，有厚厚的踏實、安全感。

金針

遲來的花季

小阿姨是童養媳，本來是要給舅舅當媳婦的，兩人看不上眼各自婚嫁。堂伯母也是童養媳，長大後和堂伯父送做堆。小阿姨和堂伯母都算有個圓滿的歸宿。

同樣是童養媳，阿桃嫂人生的路卻很曲折。

從嬰兒就被阿卻婆抱來養育，阿桃如女兒般被疼愛，但是從小就被灌輸是童養媳，長大後要和大哥配對。聽說，阿桃從小孩子時就不愛講話，不愛笑，也不愛出門，沒有人知道爲什麼，直到她離家出走。

母親說，阿桃是媳婦仔王，因爲阿卻婆對阿桃比女兒還疼，可是阿桃卻怨恨阿卻婆一輩子。阿桃從小就不用到田裡工作，只待在家裡洗衣做飯。不知道是不是從不出門，阿桃皮膚很白，濃眉、一雙大大的眼睛，微厚的嘴唇，阿桃可以說是漂亮的，只是陰鬱的神情，抹去了她搶眼的神采，那樣突出的五官反而顯得有些兇惡。

阿桃十九歲和看著她長大的「大哥」結婚，因為是送做堆，沒有盛大的婚宴，沒有白紗禮服，只宴請親戚鄰居，拜神明放串鞭炮。阿卻婆事後很高興的對鄰居說，阿桃很懂事，沒有計較排場，安分的做個新娘。然而，溪邊洗衣婦開始有些關於她的流言；據說，洞房當夜，阿桃穿了七件內褲、三件緊身長排釦的內衣。伊不愛送做堆啦。這是洗衣婦們的結論。結婚後，阿桃依舊沒有笑容，鎮日沉著一張臉，完全看不出新婚少婦幸福的模樣。

上小學，我和阿金喜歡抄小路，經過阿卻婆家，有時看見阿桃坐在廚房裡發呆。

我們嘰嘰喳喳的走過，朝窗口喊一聲「阿桃嫂」她也視若無睹。阿金說，阿桃被魔神仔偷走了靈魂。後來，只要看到阿桃，我們總是急速的跑開，免得也被魔神仔吸走靈魂。

連著幾年，阿桃生了三個兒子，兒子們似乎也無法帶給阿桃一張快樂的臉。阿卻婆沉浸在抱孫子的喜悅，忽略了阿桃陰鬱的臉色。

阿桃的丈夫忠厚老實，話語不多，鄰居覺得他和阿桃很適配。從阿桃被抱進門，八歲的他就知道那將是他未來的妻子，在阿桃的成長過程中，他總是刻意的保護她，直到自己邁入青少年，看著阿桃和弟弟玩在一塊，他才意識到，他和阿桃隔著的不只是一大截的年齡；他羨慕弟弟的活潑、有趣，總能引起阿桃難得的笑聲，他想，是他們年齡接近吧。看著阿桃一日日的長大，出落成標緻的少女，他是喜悅的。

可是，阿桃從小到大都刻意的躲著他，他以爲她是害羞。小自己五歲的弟弟小學畢業旋即到市區當裝潢學徒，阿桃少了童伴似乎更安靜，有時鎮日不發一語。他想，結婚後，阿桃就會同自己親近。

生了三個小孩，阿桃仍舊是冰冰冷冷的，對家裡的任何一個人都一樣，唯一的溫暖是給三個小孩，可是三個小孩從出生後都是阿卻婆照顧，連晚上都和阿卻婆睡同一張床，反而同阿嬤較親。久了，阿桃疑惑三個兒子究竟是誰生的？

在外地當學徒的弟弟終於出師，先是幫著師父工作，幾年後在隔壁村自己開店。

弟弟不愛回家，家人都以爲他都市人當慣了，過不來農村的生活。都將近三十歲了，弟弟還一直沒有結婚的打算，過著浪子般的生活。

終於弟弟要結婚了，這是家裡的大事，婚禮辦得十分風光，三十二歲的新郎和二十歲的新娘，羨煞了許多未婚或已婚的男人。那晚，從未喝酒的阿桃，破例喝醉了，白皙的臉泛著桃紅，連丈夫都看傻了。

一場病來得突然，阿桃的丈夫一病便臥床不起，阿桃仍是冷冷的照顧生病的丈夫，即使在丈夫臨終前，都未能享受到阿桃一絲的溫柔，連個笑容都沒給過。阿卻婆一口咬定，兩人必然是沖煞到什麼，一輩子都無法恩恩愛愛。

丈夫過世不到三個月，阿桃離家出走，留下十四、十二、十歲的兒子。沒有人知道什麼原因。半年後，阿桃穿著一身豔紅的衣服回來探望兒子，連過夜都沒有，就走了。終於，阿卻婆明白阿桃離家出走的原因。阿卻婆常常向母親嘆息，如果早知道就好了。她說，阿桃那次回來，對她說：從一出生她就注定是媳婦仔，女人是一蕊花，一世人應該開一擺，我一出世就是白菜花（花椰菜），是菜不是花，注定一世人無法開花，永遠沒青春。阿桃也說，她喜歡的人不是丈夫，是和她年齡接近的「二哥」，既然丈夫死了，二哥結婚又有了小孩，三個兒子又同阿嬷較親，沒有可顧慮的，這個家就沒什麼好留戀了。

好些年沒有阿桃的消息，阿卻婆每每怨嘆阿桃的狠心，連兒子都不想不念。最後一次見到阿桃，她帶著一個小女兒，那次是回來「拆戶口」。阿卻婆說，戶口拆走像連根攏掘走，和這個家完全無關聯。年邁的阿卻婆還得張羅孫子的工作和婚姻大事。目送阿卻婆蹣跚離去的背影，母親嘆息的說：老歹命。

之後，阿桃沒再回來過，連兒子結婚，也聯絡不到她，沒有人知道阿桃的生活過得好不好，聽說在中部的一些小旅館當女中，一家換過一家，跟著一個男人沒名沒分的過生活。

我想，也許當女中的阿桃是這一生最快樂的時光。那個男人或者也是挑起她死灰般的感情的人，雖然，感情和生活都像流浪的吉普賽人，然而被點燃的火再微弱，也會發光，至於名分對她來說反而是最不重要的，四十歲的女人勇於追求從未獲得的青春、愛情，即使拋家別子。童養媳的阿桃和四十歲離家出走的阿桃似乎是兩個完全不同的人，究竟哪一個才是眞正的阿桃，恐怕只有阿桃自己才清楚。

那日阿卻婆和母親聊天的話語，一直盤旋在心底。女人如花，一生綻放一次。童養媳的女人，注定一輩子沒有燦爛的花季，阿桃的喟嘆，想必也是堂伯母內心的怨嘆吧；曾經也想擁有屬於自己的愛情，終究抵不過強烈的道德指謫，不得不回頭屈就在「守婦道」的大網中。或者，也只有堂伯母才能眞正了解阿桃的「離經叛道」。

菜花，就是花椰菜，的確是菜不是花，從落土發芽到開花，都被認定是菜，不是花。金針，學名萱草，被喻爲最能代表母親的花，但是，從沒有人當它是花，落土、開花都始終是蔬菜。童養媳是個沒有青春的女人，尚未開花，就被認定是妻子的角色，就算花開得再燦爛、茂盛，似乎也改變不了命定的角色。

因爲舅舅的排斥，小阿姨擺脫了童養媳的宿命，有機會追求自己的幸福；堂伯母就沒有那麼幸運可以選擇所愛，一輩子伴著性情古怪的丈夫；阿桃掙脫命運的箍束，卻必須付出極大的代價。

童養媳的陋習終於逐漸沒落，絕跡。花歸花，菜歸菜。

山異

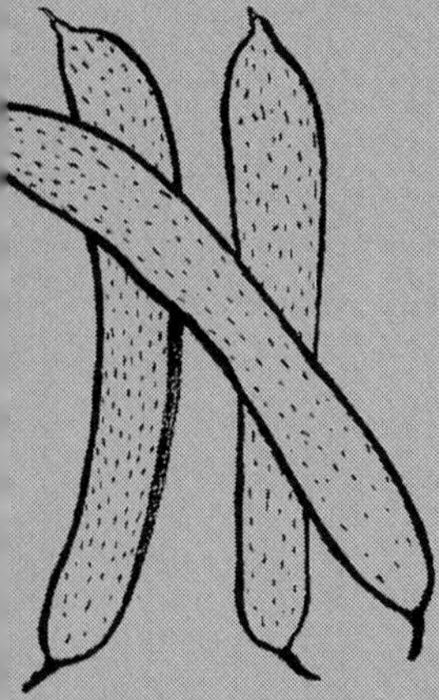

年少瓜刺

那根刺扎在心底很久很久，終於，挑出來，是一根極細極軟的刺，不知道爲什麼還痛了這麼久？

小時候的玩伴，男女稱爲青梅竹馬，男生對男生說是「穿開腳褲大漢的」，女生對女生呢，則說是「查某囝伴」。因爲父母親的疼愛，我有個快樂的童年，有一群玩伴，多半是男生，和我年紀差不多的堂哥堂弟，「查某囝伴」嚴格說來就一個，其餘的很少能出來玩，因爲她們要帶弟妹、煮飯，七、八歲以後，她們要操持家務，小學畢業連國中都沒讀就到工廠或當學徒。阿金和我同年同月出生，我和她一起搶吸她母親的奶水。每天我和阿金一起上下學，一起和男生嬉玩，直到國中二年級。

也許只有我和阿金兩個人玩不出女生的家家酒，在小學四年級之前，我們會玩的全是搧尪仔標、騎馬打仗、打彈弓，我們甚至不知道，還有分男女不同的玩法。直到認識阿麗。

小學五年級，再一次的分班，阿麗坐在我的旁邊。從小學一年級以來，她一直是甲班的第一名兼模範生，我是丙班的班長，雖然不是每次都第一名，卻也都在前三名之內。五年級的這次分班，把甲乙丙三班的「好學生」全給集中起來，包括乙班的妙春，從來沒有拿過第二名。

和阿麗從競爭到成爲朋友已是五年級下學期的事了。

由於「武林高手」衆多，我的成績經常在三至五名中滑動，妙春和阿麗兩人爭一、二。最後，妙春領先長駐第一，阿麗才成了我的好朋友。

那天，阿麗送我一個由硬紙板裁成的紙娃娃，還教我如何玩。後來，除了交換紙娃娃的衣服，我們還常玩交換紙條的遊戲，寫了一些我們認爲極重要的事，我還記得有一句話是這樣：風紀股長昨天午休沒有管好秩序，妳要報告老師，不可以姑息養奸。

我用了成語「姑息養奸」，覺得十分得意。「這次的作文妳寫得活靈活現，難怪得了甲上。」阿麗也用了成語「活靈活現」。忘了爲什麼流行傳紙條，卻清楚記得每堂課都傳，而且樂此不疲。下課嘰嘰喳喳說個不停，上課傳紙條，僅僅是「明天要測驗算術」這樣的話題，我們都想盡辦法要寫上好幾次紙條，表示「有話可聊」，就算在「無話可說」的情況下，我還收到阿麗這麼寫著：「克補對腦筋很好，要買來吃。」

克補，是那時在電視上的熱門廣告藥品。然後，我要在這句十分單調的話題中尋找出可以接續的話來，否則就失去傳紙條的意義。每次收到對方的紙條時都興奮得如收到情書般，一天下來傳了好幾次。

對於小學五年級的小孩來說，有些事情是非常重要的。

那是關於背叛。

母親從菜園裡摘了小黃瓜回來，小黃瓜嫩綠的皮上披著一層薄薄灰白色的茸毛上長滿了扎人的細刺，和大黃瓜比起來，小黃瓜的刺多又扎人。母親說，愈嫩愈小的黃瓜，刺愈多，和人一樣，愈少年，火氣愈大。有一次，到阿麗家的田裡摘黃瓜，我們挑了大黃瓜，用葉子抹去瓜上的細刺，在水溝裡洗了便啃起來，我喜歡生食黃瓜，像吃水果般。我們坐在田埂上，胡亂的聊，後來索性躺在田埂上看夕陽和橙色的雲彩。阿麗突然問我以後會不會繼續升學？阿麗說的不是即將要就讀的國中，而是更高的學校，高中或者大學。我知道班上有少部分的同學連國中恐怕都無法繼續就讀，更別提是高中。我說，只要我想讀，父母都不會反對。她說，她和妙春如果成績不好，頂多念到國中畢業。我想這大概也是她和妙春拚命要爭取第一名的原因。

不知怎麼被大黃瓜的細刺扎入指尖的肉裡，微微的痛。阿麗要我回家用針挑出來。

國中三年，我、阿麗和妙春都是在升學班，阿金則在放牛班。阿金不再和我一起上學，她有她的伴，而我也有了新的好朋友。在激烈的升學競爭中，和阿麗漸行漸遠，她和妙春的目標在考上師專，而我依然漫不經心的過著生活。這樣的漫不經心，卻經常成績優於阿麗。好久不再傳紙條的阿麗留給我一張只寫著「背叛」兩字的紙條。突然我心底彷彿被黃瓜的細刺扎到般，一直隱隱作痛，直到高中畢業。

阿麗和妙春都沒考上師專，和我一樣讀女中。通勤的我們每日在車上從未交談，冷漠但沒有敵意。高中畢業前夕，阿麗在車上主動和我談天，她說，如果考不上大學，她就要去當女工，還有她家的黃瓜田已賣掉了。她問我還記不記得在她家黃瓜田裡摘黃瓜的事。我當然記得，尤其被細刺扎在指尖的痛，還清清楚楚的。

然後，我北上讀書，阿麗和妙春留在花蓮，沒有當女工，當個小職員，經常換工作。後來，完全失去聯絡。

每次，想到那段青澀的歲月，總會想起阿麗，關於「背叛」，還有她家的黃瓜田，那根細刺猶似仍留在指尖，隱隱作痛。其實，我一直不清楚阿麗的「背叛」指的是情感或是成績。年歲漸長，才逐漸體會出在叛逆期時對於友情的看重與定義，那是一個脆弱容易受傷，卻又裝作堅強的年歲，像極了幼嫩的小黃瓜滿布細刺，一旦碰觸多少都會扎進指肉。那種痛的感覺十分曖昧不清，卻又眞眞實實的存在，經常用針挑了半天，始終找不到痛處。

小時候和阿金吵架，我向母親嚷著永遠不要和阿金講話。有時和弟弟鬥嘴，我也會狠狠的說：一輩子不理你。母親總是笑笑說：囝仔人氣不過三天，刺到皮而已。果然隔天和阿金、弟弟像沒事般玩在一塊。

黃瓜，是深綠或翠綠色，被稱爲黃瓜也許是在黃瓜過熟粗老之後會轉黃，但是那樣的黃瓜是不能食用的。其實，黃瓜原名胡瓜。《嘉祐本草始著錄》：胡瓜即黃瓜。《杜寶拾遺錄》：「隨避諱改黃瓜也。陳藏器謂，石勒諱胡改名說少異瓜，可食時色正綠，至老結實則色黃如金，鼎俎中不復見矣。有刺者曰刺瓜。」黃瓜的台語的確叫刺瓜，大抵台灣的黃瓜都有刺，而且很少人會將刺瓜留到變黃。

流連在母親的菜園。黃瓜藤綁縛在竹竿架上，黃色的花朵尾端結了如小指般大小的的黃瓜，尖細的刺布滿著。我好奇的撫觸，立即被細刺扎進指肉。母親輕輕的用針幫我挑出來。母女連心似的問我：妳那些查某囝伴呢？「過年前，盧阿妹大肚子來找妳，問妳的新電話。」、「前幾天在路上遇見陳玉英，在鯉魚潭那邊做事，還未嫁。」、「羅瑞鳳最近好嗎？妳回來這幾天，曾美玲怎麼沒來找妳？」只要回家，從母親口中我斷斷續續的聽到一些我的同學的消息，多半是國小或國中的女同學，她統稱為「查某囝伴」。有時，她也問那些不在花蓮的同學。關於我的「查某囝伴」，幾乎都是透過母親的口述，輾轉在我的記憶中繼續存在。

而我的少年記憶，大部分深藏在刺瓜裡。

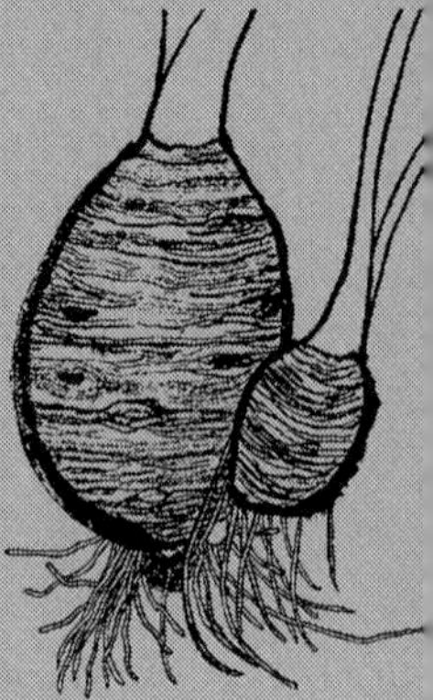

芋頭

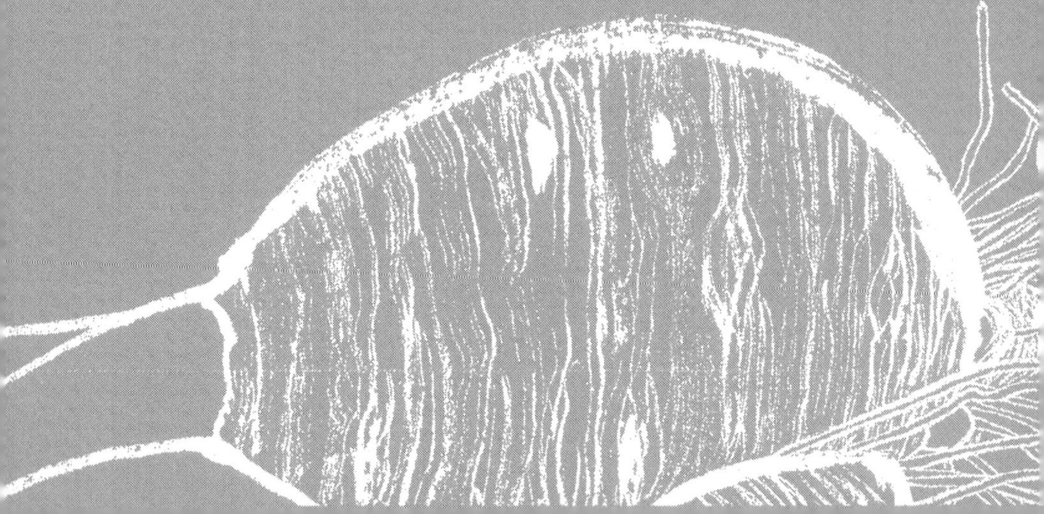

好脾氣的老芋頭

那一間矮屋就坐落在路口，對著雜貨店，人來人往，它卻顯得淒涼、幽暗，是小孩害怕的地方。

矮屋是用鐵皮和木塊搭蓋成的，只比工寮好一些。它也像工寮般，住不久的。那間矮屋經常有新面孔，但是感覺像是同一個人，因爲，他們都有幾個共同的特色：大半年紀都很大，都是孤單一個人，說著我們聽不太懂的話，多數住不到一年就搬走了，還有他們都有一個相同的名字「老芋仔」，最教我們不喜歡的是，他們都養了一隻很兇的狗。

因爲語言的隔閡和那一隻眼露兇光的狗，村裡的人幾乎沒有人敢和他們說話，連打招呼都省了，也沒瞧見有誰來找過他們。那時，如果適婚年齡的少年若還不想成家，總會被唸上這幾句話：「以後像那些老芋仔，嘸某嘸教。」

我比較好奇的是，他們都從哪裡來，又到哪裡去？為什麼他們都叫老芋仔？

矮屋又換主人，一樣是老芋仔，只是這個還帶了很年輕的原住民女人，我們以為那是他的女兒，或者是孫女，大人說那是他的太太。

這個老芋仔打破前任住屋者的許多慣例；他終於有個別於「老芋仔」的名字「老陸」，他也不再是單身，養的狗不但不兇，還會跟小孩玩，另外他會主動和村裡的人打招呼，雖然，剛開始我們聽不懂他說些什麼。後來，幾個較頑皮的小孩還模仿老陸的腔調，舌頭捲得像含顆糖，或用鼻音說話，逗得老陸高興的眉開眼笑，賞給每個小孩四分之一個饅頭。

矮屋、老陸、原住民女孩和狗，在村子的十字路口，成了一個奇特的風景。

那個年輕女孩，喜歡坐在門檻上唱歌。老陸喊她娃兒；一下子娃兒吃飯，一下子娃兒洗澡，像大人喊小孩般。

矮屋的煙囪幾乎整天冒著煙，老陸喜歡做麵食，桿麵、蒸饅頭，有時包餃子。然後，擺在門口待售。習慣米食的村人，不會去買，也沒有閒錢。然後，我們就看到年輕女孩和老陸整天啃著饅頭。再後來，老陸拿饅頭來敦親睦鄰，和哄小孩。

老陸和女孩很少同時出現在門口，老陸似乎永遠有忙不完的事。只有下雨天，兩人都坐在門檻邊望著雨景，女孩還是哼著歌，老陸和狗玩，兩人都沒有交談，彷彿剛好在同一個屋簷下避雨。老陸住了一年多，和村子裡的人混熟了。我們知道他因家裡窮，十八歲當兵，四處移防耽誤了婚事，三十歲跟國民政府來台，最早落腳高雄，然後南北移防，剛從軍中退役，希望花蓮會是他最後的定居處。兩年前在瑞穗鄉花錢娶個原住民女孩。有時，下雨天在雜貨店門口，他也會向村民閒聊如何一路顛簸來到台灣，說到家人，激動時老陸哭得像個小孩。

隔年暑假，來了一陣颱風，矮屋的屋頂被吹掉了。

村裡幾個男人合力幫老陸修蓋屋頂。那幾日老陸煮麵、包水餃，可惜沒人敢吃，因爲麵和餃子裡包的是牛肉。村裡的人都很好奇，老陸從哪裡弄來的牛肉。幫忙的男人請老陸做飯，因爲米飯比麵扎實抵餓。晚餐，老陸果然煮了一大鍋米飯，一盤肉絲炒豆乾，紅油油的，辣得沒人敢再挾第二口。老陸覺得抱歉沒能好好招待幫忙的人，男人無所謂，至少家裡也有飯吃，只可惜那盤辣肉絲沒吃到。

年輕女子的臉圓潤起來，皮膚也白皙許多。村裡的婦人說她懷孕了。最高興的人當然是老陸，鎮日笑呵呵的。懷孕的年輕女孩似乎沒什麼改變，依著門板哼歌，許久不做麵食的老陸又開始忙著包水餃，要女孩多吃。

我們都沒有聽過女孩說話，但是啞巴的人應該不會唱歌。

女孩的肚子愈來愈大，老陸請村婦幫忙縫製尿片與嬰兒衣，女孩仍舊一副此事與我無關的模樣。好奇的村婦始終問不出關於年輕女孩更多的資料，老陸也只知道女孩六歲時在一次驚嚇後，從此不再言語，只會哼著沒有人聽得懂的歌。終於女孩生了一個女兒，老陸高興得整日抱著，還教女孩如何餵奶。女孩大剌剌的拉起上衣，就在門口餵嬰兒，引得村裡的男人，有事沒事晃到雜貨店。老陸愈來愈像村婦的伙伴，邊蹲在溪邊的石頭上洗尿片，邊和她們切磋如何哺育女兒。

小女兒愈養愈白胖，女孩卻愈來愈削瘦、枯黃。

村裡的婦人跟老陸說，女孩可能得了查某人病，還提供了幾個藥方，讓老陸寬心。

有人則教老陸如何磨米漿餵哺四個月大的女兒。老陸更忙碌了，門前的小爐子經常熬著各種草藥，隔壁的石磨也不停的磨著米漿。女孩不再坐在門邊唱歌，躺在床上起不來。村裡的婦人有空就幫忙老陸照顧嬰兒，或煎草藥，提供更多奇奇怪怪的偏方給女孩服用。

女孩還是走了。沒有什麼儀式，一口薄棺材，村裡的六個男人輪流抬著，老陸抱著女兒送行。那日下著雨，看不出來老陸哭了沒？

辦完喪事，老陸經常抱著女兒坐在門口發呆。不到三個月，老陸告訴村人，他要搬到新竹一個長官那兒，有份差事可以做。

老陸離開那日一早，村裡好幾個人來送行，像是老陸要去當兵，只差沒放鞭炮，從路口走到和新村交界，等待「公路局」到花蓮車站。五、六分鐘的路程走了十幾分鐘，一路上村人不忘提醒老陸有空要回來，住了三年，老陸已被認定是村裡的人。幾個婦人還特別交代老陸如何帶孩子，像極了母親交代即將回婆家的女兒諸多事宜。抱著女兒，老陸頻頻點頭。

送行的人說，上了公路局的車子，老陸哭得一臉鼻涕眼淚。

那間矮屋空了半年。後來住進來的也是一個老芋仔，年紀比較輕，大概四十多歲，一隻黑棕色參差的狗，高大兇狠，村裡的男人說那是「軍狼狗」。自從那隻軍狼狗咬死對面雜貨店的幾隻雞，老芋仔不願道歉，也堅持不賠償，還怪罪雜貨店老闆娘隨便把雞放出來之後，村裡的男人開始交代妻子和女兒，不要單獨經過老芋仔的家。

然後，一個颱風，矮屋又被吹翻了屋頂，老芋仔搬走了。矮屋沒有再翻修，也一直沒有再住人。屋頂塌了，木板腐朽了，成了一個大型物的廢棄場。

老陸始終沒有回來過。

小時候以爲老陸是「老路」，老想不通如何把一條路給走老了。老芋仔這個名字倒是很貼切，不管是老陸或之前的居住者，都是六十多歲的人，一臉皺紋和雜亂稀疏的頭髮，眞的很像一顆芋頭。後來才知道，老芋仔是有別於「番薯」，不是因爲長得像芋頭。

袁枚《食單》：芋性柔膩，入葷入素俱可。這句話總讓我想起老陸。

關於芋頭，我最喜歡原住民文獻中芋頭的記載和傳說。

《泰雅族賽德克族人食物及其典故》（一），煮芋頭的注意事項：

△事先，煮芋頭之前先起火，鍋內加水滿過鍋內一半，將芋頭放在鍋內並蓋著煮。

△加添燃料，等看鍋內的水一半時，再加點水。

△看看煮的芋頭，如果發現裂開，就表示芋頭熟了，可以吃了。

△但小心，如果不熟，吃了會癢癢的，不能吃。

芋頭除了果肉可食，其實芋柄，也是很好的野蔬；關於芋柄，台語有兩種稱法，一是芋橫，一是芋楞。在泰雅族的傳說中，有一則特別是針對芋柄的傳說：「很久很久以前，曾經有一段關於白芋柄的故事；多年未下雨，造成旱災，據說老百姓沒有得吃，人找到了白野芋柄。據說旱災時人就靠它維生。當時人分配白芋柄吃時，先分給孩子們多一支芋柄，因爲恐怕孩子容易餓。」

和番薯比較起來，芋頭並沒有那麼普遍的被漢人食用，原因當然就是經常「吃了會癢癢」，因爲芋頭裡含有草酸鹼黏液成分，所以沒有熟透的情況下，很可能會「咬喉」。如果煮熟了還是會「癢癢的」，泰雅的賽德克族人認爲是因爲煮的那個人「脾氣大」。

每次煮芋頭，總是會謹記賽德克族人的「煮熟了就不會癢癢」，還有想起那個好脾氣的老陸。

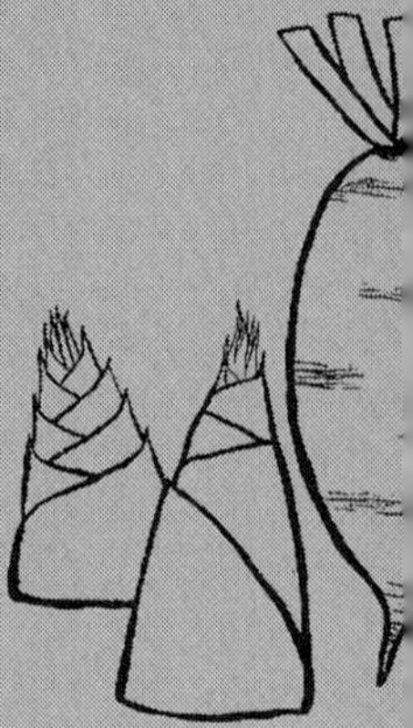

竹筍 蘿蔔

歷史的味道

這是一種集燴，把氣味相投的，以及可以融燴的食材的剩餘整合，奇妙的是這樣剩餘的價值卻遠大於初創的價值；在一般的觀念中，第一是最好的，沒有人想敬陪末座；食物，當然是吃新鮮的，食用剩菜大概不會有人是喜悅的。

「菜尾」就是剩餘的菜餚，在五、六〇年代宴客或多或少會有一些剩菜，在物資匱乏的年代，雖是剩菜仍是珍餚，絕無丟棄的理由。所以，盤底殘存的菜肉湯汁悉數刮進一桶桶的鐵鍋鋁盆，再次熬煮後竟然成爲珍饈，風味絕佳。

英國作家藍姆在《論烤豬》中提及烤乳豬的由來；據說有個農人不小心引起一場大火，把一頭乳豬燒死，結果發現了烤乳豬這道食物。

野史撰述，清朝八國聯軍入侵津京，慈禧太后避難至西安，沿途沒什麼吃喝，饑餓難當，過了晚膳時間，幸遇一戶農家，農人款待家裡最好的也是僅有的食物：炒菠菜和煎豆腐。一向嘴甜的太監一見是「粗菜」，爲了討慈禧的歡心，急中生智編說是「紅嘴綠鸚哥．金鑲白玉板」，也許因爲饑餓也因爲從未吃過原味菠菜和煎豆腐，竟讓慈禧愛上這兩盤食物。

剩菜絕對沒有好「看相」；被烤得焦黑的乳豬未必如現今的烤乳豬美味；清朝時期農家的炒菠菜、煎豆腐，應該還談不上美食，但對於當時的人卻是「味美」，因爲匱乏、饑餓。因爲意外、饑餓而發現美食，是食物必然的演化過程，食物的歷史就是人類的文明史。

五、六〇年代，跟著大人去吃喜宴大概是孩童的最愛，同時也是全家的大事；小孩貪圖的是有汽水可以喝到撐（通常喝到撐的結果會飽受父母的打罵，因爲只喝汽水太不划算），大人們不但可以飽嚐一頓難得的美食，幸運的話還可以拿點「菜尾」回家。難得的溫飽，沒有人在乎是否用公筷，更沒這樣的觀念，當然也就不會在意是否衛生。當時喜宴上的剩菜是不能私自帶走的，可能和那時沒有塑膠袋有關，都是宴客者的女主人吆喝妯娌親友，拿著鍋盆一桌一桌連湯帶汁倒入，再分裝到小鍋裡，分贈給關係親近的親友。拿到「菜尾」的親友歡天喜地，一回到家裡得先熱煮過，免得餿掉，或者也因爲再次沸煮過，衛生的因素也就改善許多，很少聽說吃了菜尾腸胃不舒服的現象；千滾豆腐萬煮魚，不只豆腐、魚類久煮味佳，有些菜蔬也很適合一煮再煮。因此菜尾的一熱再熱竟煮熱出特別的風味。

菜尾的食材多樣，端看當時辦桌師父的拿手菜，記憶中辦桌的主菜有冷盤、燉雞、排骨蘿蔔豬肚湯、十錦大白菜（類似佛跳牆）。能留下當菜尾的當然是未吃完的湯盤菜，所以燉雞、排骨蘿蔔豬肚湯、十錦大白菜，這些「後菜」比較可能剩下，再者這些菜餚也十分適合融燴及一熱再熱。

英國歷史學家菲立普．費南德茲－阿梅斯托（Felipe Fernandez-Armesto）說：「我們在餐桌上認識整個世界。」我卻在婚宴的餐桌認識家族的歷史，花蓮的地誌；七、八歲稚幼的年紀，我出奇的安靜，而小我兩歲的弟弟則是愛哭愛鬧，因此父親最愛帶我去參加婚宴。

去婚宴的途中，父親會告訴我這個喜宴的親友是誰、和我們的關係，是哪一代從西部或北部遷移來花蓮，現今有幾房有多少人等等，有時父親也會八卦的提及哪個媳婦不夠賢淑、勤快，哪個大房、二房的男人嗜酒愛賭散盡家產。顛簸的碎石路上父親指著旁邊田園或屋舍，還原他小時候這裡的樣貌，或往北遠溯宜蘭、羅東、蘇花公路、花蓮港口；山腳下訴說他阿公阿嬤如何蓽路藍縷從桃園大嵙崁（大溪）來花蓮落腳的種種事跡，然後移居到吉野村的艱辛過程……他就讀的小學，年輕時工作的鐵路局，還有花蓮大地震的範圍、災情，更擴及外公外婆的家族、移民路線。往南從賀田、溪口、鳳林，甚至台東，遠房的親戚、桃園大嵙崁的鄰居，整個花東在父親的描述下，像一張經緯交錯、一望無際的親族、朋友大網絡。

我總是安靜的聽著，父親知道我聽進去也記下來，對於整個家族親族的移民歷史，和花蓮地誌，一點一滴的進入我的腦海。這是我童年最常聽的童話故事，沒有知名的人物，沒有顯赫的事跡，是一群黧黑的面孔，是一片荒蠻的土地，而牽連交織的線絡便是婚宴，豐盛的食物牽衍出龐大親族。

小學六年級，我開始拒絕和父母親去參加喜宴，那時改由大弟和小弟參加，每次大弟總是歡歡喜喜的出門，悲悽慘痛的回到家：因爲一上喜宴桌他鬧著猛灌汽水，半個小時下來，肚圓腹漲，到了第一道菜上桌，他一口也吃不下，要不就呼呼大睡，要不就頑皮鬧場，等到喜宴結束離桌那一刻他醒來據案哭喊肚子餓，然後一路被母親打回家……。幸運的話，母親熱過菜尾讓他拌飯飽餐，哭喪的臉展露出滿足的微笑，其實多半都是嚼飯糰或剩菜剩飯止饑。

味覺和視覺的感受，都無法以語言文字來還原眞相，且經過時間的發酵，記憶濾存，篩去苦澀，留下的盡是甘醇！

根據童年的回憶和味覺的感受，一一找出可能的食材，經過炒、煮、燉，我曾經嘗試再現「菜尾」的滋味：

食材：香菇、乾蝦仁、大白菜、白蘿蔔、魚皮、五花肉、鮮筍或桂竹筍、洋菇、芋頭等炒香再加入高湯（或燉雞）悶煮。

烹煮出來的味道相近，但總覺得少了什麼？我的確複製出十分接近「菜尾」味道，但是無法還原記憶中的味覺，那個味覺包含著孩童參加婚宴的樂趣，以及當時心理和生理的匱乏欠缺，更多的是包裹著地方的誌物和親族的故事，這些歷史和地方誌，再好再相似的食材，再精純的烹飪技巧也無法複製！

菜尾，是我記憶中的佳餚，心中的「絕饗」，菜尾不只是食物，是一段歷史的味道。

龍葵

春膳

從來，母親都是用食物來召喚我，尤其是一場雨水潤澤的田野春膳。是母親那個年代太悲苦，還是她覺得飽胃是人生最重要的滿足？桌上布列的菜餚是母親對我和弟弟疼愛的展現。在母親心中有四張重要的食譜；我愛吃的食物，大弟喜歡的菜色，小弟的偏好，父親挑剔的食單，至於她總是陪著我們吃食，我們的好胃口會增進她的食欲。

食物的確是親情凝聚最好的一種方式。

每次我和大弟同時返家，母親像辦桌，姊弟三人各有挑食，母親總想讓我們可以從容下箸，滿桌的碗盤，如自助餐各取所需。

母親說準備我的食物最簡單卻也最難，因爲是食材的關係。

其實我並非那麼講究吃食，簡單可以填飽肚子即可，但是我的簡單，在母親看來是複雜的。是從小被餵養的習慣，還是返樸歸眞？我喜歡原味和帶點「野味」的食物。原味是食材直接烹炊，無需過多的佐料；野味其實就是野菜。

直接把肉類煮熟不難，但炊煮好吃就需要技巧和火候。母親總有辦法把豬肉、雞肉水煮得軟嫩卻仍帶彈性嚼感十足，只要略略沾點醬油，便是滿嘴甘甜，引得不是喜歡吃肉的我，可以大嚼半盤。每當得知我或大弟要返家，母親前幾天就先訂下土雞，張羅其他的吃食。

然而，最難的是野菜。野菜種類雖多，但都有季節性，時節不對遍尋不著。

「季節不對，無妳愛吃的山茼蒿。」我冬天回家，母親覺得有些惋惜的說著。

桌上有炒過貓（蕨菜）、山蘇，但母親知道我最愛的是山茼蒿。

除了蕨菜和龍葵，野菜不是我童年的菜蔬。母親總說有這麼多蔬菜，誰會想去吃野蔬。只是每當在田園裡看見如草葉的山茼蒿、刺莧等，母親便一再的述說：「這些其實是可以吃食的野菜」，她也重述著那個年代的故事，帶著苦味的童年。日久我竟也識得一些野蔬，但總覺得那是母親年幼時逃難、饑荒時塡飽肚腹的粗食，而且，幾乎所有的野菜都帶苦味，那是我幸運未品嘗過的人生。

以野蔬果腹，並非只是母親的童年，因爲戰爭離亂，母親那輩延續著二、三十年物資匱乏的生活。幼年的我衣食不缺，卻仍感受到母親對貧窮的陰影。味覺是最深層的記憶，卻最難描述，因爲伴隨的不只是食物的味道，是人事物影像的駐留；雖然擺脫匱乏貧困的粗食年代，但對食物的記憶是那樣的深刻，每一種野菜的背後是母親悲苦的童年。

對於嗜食「苦味」，是人到中年之後的事。台東山野間一家小吃店，一大盤墨綠色的炒蔬菜。原住民老闆說是山茼蒿，一桌食客大半只挾了一箸，唯獨我咀嚼不已，彷彿多年舊識。山茼蒿顧名思義和茼蒿屬性必然相近，同爲菊科，只是山茼蒿是未經「馴化」的野蔬，草菁味濃烈，對於不常吃也不喜歡野蔬的人，是難以下嚥的。

山茼蒿對我來說，的確是多年舊識，那是母親的故事。

二次世界大戰期間，爲了台灣士兵在野地作戰的食物補給問題，日本政府下令以飛機在台灣上空遍撒山茼蒿種籽。因爲生命力強韌，容易且快速生長，所以沒多久滿山遍野都長滿了可充做菜蔬的山茼蒿，也因此被稱爲飛機草、太子草、饑荒菜，又是日本昭和年間傳播，所以又叫昭和草。

山茼蒿成熟的果實似白色棉球，風吹種籽隨風飄揚飛散，四處播布，繁殖力極強，所以，現在台灣全島海拔兩千五百公尺以下的鄉間、荒野地等，到處可見山茼蒿的群落。雨後剛發芽的嫩葉及莖或幼苗可炒食，成株的莖，掐葉去皮也可醃漬爲醬菜。山茼蒿除了食用外，也具藥效，有利尿、降壓消腫之功效。

童年的母親和外公、外婆躲空襲，從花蓮市疏開到郊區山下，戰爭造成食物短缺，母親說多半是水煮的野菜佐餐，無油無腥如嚼根莖，草腥味濃。山下的野菜種類很多，黑籽菜（龍葵）、雞腸草（荷蓮豆草）、豬母乳（馬齒莧）、過貓、山蘇……只要沒有毒的植物，大抵都被拿來當主食或佐飯的菜蔬。這些野菜都有共同特色，苦或帶草腥，得先川燙去草腥味，再用熱油爆炒。那個連白米飯都不易覓得的年代，哪來的炒菜用的食油。野菜都是白水燙熟，沾鹽或醬油，這也是母親認定野菜如草莖，經常吃到翻胃，欲哭無淚的原因。

波特萊爾在漫遊巴黎時喟嘆著：「全部的歷史和全部神話都是在爲美食主義服務。」

沒有人會去記述野菜的歷史，就像沒有人會去訴說困頓的人生，除非苦盡甘來。人類學家發現，文化差異對酸甜苦辣的喜好也不盡相同，然而，嗜好甜味似乎一致；「甜是好的、苦是糟的」，但是「苦」對人卻具有最大的影響，能夠改變我們的意識結構。當年食苦味野菜的人奮力改善生活培育下一代，整個台灣的經濟猛進，擠入富裕之國，這大概就是「苦」改變人類的意識結構吧。

富過三代懂得吃穿，台灣未必是富過三代，但懂得關懷自然天地，近十多年來作家開始書寫自然生態，關心植物、動物，野菜的滋味也被「發現」書寫；作家凌拂曾在三峽有木國小任教，親近當地植物生態圈，寫下了《食野之苹》，記述了凌拂嚐食野菜貼近自然的生活；在關心鳥類、山林古道之後，作家劉克襄撰述了《失落的蔬果》，品介大自然給人類最簡單、最富滋味的野蔬。

這麼多野菜中，山茼蒿可能是最被接受的，儘管是嘗新嘗鮮，講求養生，然而提到山茼蒿總會觸及二次大戰時困苦的生活，而母親那輩或者因爲嘗了太多的苦，即使苦盡甘來，他們總是謹守而珍惜現今的甘醇。

山茼蒿已有人工栽種，以供應市場大量的需求。對母親而言，山茼蒿還是野生的，但不再是「昭和草」，不再是「饑荒菜」，是在春季最佳的菜蔬。在自家棄耕數十年的田園，是母親的野菜區，從初春至仲夏，山茼蒿、龍葵、野莧……欣欣向榮，彷彿召喚一場田野的蔬宴。

年年心中有一場春膳，那是母親的野菜區，初春雨澤山茼蒿嫩綠率先出場……。

【附錄二】

原鄉的菜蔬體驗

論方梓《采采卷耳》的花蓮地誌書寫與女性主體

王鈺婷

一、敘寫故鄉的風土景觀與家族歷史

出生於花蓮的方梓，長期從事文字編輯工作，創作以隨筆小品爲主，筆致含蓄醇厚，氣質自然，文筆相較於現代散文的美學風格來講，偏屬平淡樸實，絕非時下瑰麗浮靡的文字所可比擬，卻能如實呈現她的體悟感懷，細膩翔實而有情味，牽引敘事者身邊周遭的人事物，平實的勾勒了五、六〇年代東部的在地生活景況，烘焙另類的花蓮韻致，清新雋永，量少而質精，深受各方矚目。廖玉蕙如此分析方梓的文字風格：「她的散文

不傷春悲秋、也不故做孤高，這大約和她是在稍有閱歷之後才開始為文大有關聯。年紀略長的女子，歷經柴米油鹽的洗禮，知道人生在世，矯揉做作不如結結實實；委委屈屈度日，不如快快樂樂生活。將眼光注視在溫暖的角落，回味溫潤文雅、樸拙澹定的前輩風範，並嚮風慕習，遠比尖銳批判、搖旗吶喊，對實質的生活更有意義！」由於散文文體和敘事主體的貼近，因此散文迥異於小說的最大特點是其「私我性」，散文比較貼近作者，散文的風格很大部分取決於作者的性情和觀物的方式，換言之，散文中的敘事腔調最能呈現作者的性情，譬如林文月散文抒情中所透露的專注與細緻，釀造文學作品，如同追求最高的藝術成就，清新淡雅和韻味深遠的敘事風格，充分折射出作者溫柔細膩的情懷，又顯出豐碩學問知見。而方梓散文的「性格」，小小的篇幅寫的都是龐雜瑣碎的日常生活與紅塵心事，看似簡樸的寫實手法，卸除過度的修辭工藝，卻能興寄深遠，也和其成長背景與人生閱歷有十分密切的關係。

方梓尤其以二〇〇一年出版的《采采卷耳》，受到評論者的關注，顏崑陽教授提及書中描繪了台灣早年農村生活，並巧妙編織各式菜蔬的歷史及特色，以「有情、有味、有識、有理的好文章」稱之，認為：「動心，是因為方梓將早年台灣農村的生活情景寫活了。他們的食衣住行，他們的喜怒哀樂，他們的是非恩怨，他們的風俗人情，都鮮明而細膩的甦醒了我的眼，感動了我的心。動腦，是因為方梓竟然懂得那麼多和各種蔬果的名稱、品種、來源、生態、功用、烹飪有關的見聞。而在敘事、抒情、博識之間，更經常蘊涵發人深思的理趣。」方梓的《采采卷耳》，表面上敘寫二十多種蔬菜瓜果，其實在菜蔬的淡香裡鑑照鄉土民俗之美，記錄了她在花蓮縣福興村裡的心塵往事與童年生活，許多層面都反映出花蓮鄉間族群互動，台灣社會轉型過程家庭人物的成長，描繪以花蓮為視點的台灣風情。

評論者張瑞芬教授將方梓的《采采卷耳》歸之於自然寫作中園藝散文一類，指出《采采卷耳》的創作理路和蘊含的思維，與張曉風《花之筆記》、陳幸蕙《群樹之歌》，蔡珠兒《花叢腹語》的寫作主題相類似，這種將精密的自然觀察與生活美學融治一爐的園藝散文，也和八〇年代初陳冠學的《田園之秋》以及晚近丘彥明的《浮生悠悠：荷蘭田園散記》相仿，呈現人文和自然交集下，高度哲思與美學的交融，張瑞芬教授進一步釐析：「《采采卷耳》精神上接近林文月的《飲膳札記》，它們的寫作重點可能不是生活哲學、博物或科學，而是人情物意之美，每一種所提及的物象（無論菜蔬或飲饌）皆是做爲引發人事感情的關目而已，說的是作者心心念念的童年、故鄉、親人與鄉里舊友。」從這個角度觀察，方梓的《采采卷耳》一書的結構設計頗爲縝密，本書以散文體例，透過不同菜蔬的名字，與別開生面的嶄新切入點，來拼湊出東部小村平凡家庭的經歷點滴，並側寫女性家族血親，巧妙的介入近年來的文學潮流，以吉光片羽建構出人物浮沉與世態變遷下的家族史，沒有落入編年式或是傳奇性的大敘述書寫框架，一反大河記敘的史筆傳統，反而以片段式的方式敘寫故鄉的風土景觀與家族歷史，關於家族記憶的無盡追尋，甚至對於鄉情的捕捉，負載了歷史的重量，某部分更接近鍾文音以物像和影像所建構的雲林西螺家族史的《昨日重現》，與簡媜以閩台移民史、抗日史及個人童年生活做爲串接主導的《天涯海角：福爾摩沙抒情誌》。本文的論述將以方梓的《釆釆卷耳》爲重心，追溯地理上的花蓮原鄉對其創作所產生的意義，刻繪出早期台灣花蓮農村的生活圖卷，以及在族群議題上新向度的拓展，並關注她在最平凡無奇的菜蔬身上如何隱喻女性主體，巧妙編織女性題材的書寫所呈現的性別意涵和女性意識。

二、以父系及母系的血緣為起點的花蓮移民史

方梓高中畢業後負笈北上念大學，此後一直遊走於台北盆地，然而她一直念茲在茲的是童年生活的故鄉花蓮，方梓在離鄉多年之後返鄉就讀東華大學創作與英語文學碩士班，本名林麗貞的方梓，二〇〇二年以採閩南語書寫對白的花蓮早期女性移民小說《來到七腳川》獲藝術碩士（MFA）。方梓以花蓮兒女的身分，追記家鄉的人事風華、回溯童年記憶，原鄉對於她的創作到底扮演著什麼樣重要的角色呢？追溯地理上的原鄉對其

創作所產生的意義，也成爲解讀方梓創作的關鍵密碼，她自言：「書寫於我最大的動力是記錄，記錄平凡人的生活，記錄父母輩的生活，記憶曩昔。」在此書寫儼然成爲梳理隱藏在時間背面，迴旋記憶結構的重要媒介，重現那些已然消逝的、生命經驗的眞實。藉由書寫，創作者一方面「銘刻」抑或是「重啓」片段私我的生命記憶，同時進行創作者的終極探問——是否唯有書寫能夠見證「我記得」的原鄉時空？出生樸實農家的方梓童年時的生活孕育了她的文學生命，樸實無華的寫實筆觸，一股思鄉情懷總也揮之不去，一景一物，盡見眞情：「書寫蔬菜，就像在書寫自己的童年，父母親的平凡生活，農村的面貌，五、六〇年代至八、九〇年代，台灣社會一個小農村，一群農人的生活遷變，藉著蔬菜做爲投射，每一則故事都從花蓮開始。」方梓對於原鄉視角的描繪不止表現在題材的選擇，更在作品內部採取童年的眼光來感念一個逝而不返的鄉村歲月，通過童稚的雙眼來觀看土地的美與純淨，以及土地上發生種種人事的變遷與糾結，除了以童騃的記憶來對照婚嫁後的滄桑與變化，更由於生活在當下台北的時空，身在台北，心懷花蓮而體現其間的今昔對照，一切益發委曲周折，此外藉由童年的記憶在作品內部醞釀成一套價值觀——從最尋常的生活脈絡來闡述原鄉人性之美，以兒童做爲主敘者，其兒童視角也成爲一種敘事。

當回顧成爲生命中不斷重複的儀式，對於鄉愁的渴望，除了召喚土地，更進一步地確認自我與菜蔬交纏的身世，演繹出「我從何處來」的自我探詢，方梓在《采采卷耳》中銘刻出家族的歷史，以父系及母系的血緣爲出發點，從而發掘出歷史事件周圍的花蓮移民史，這些來自西部的二度移民，翻山越嶺往邊緣的花蓮挪移，在地處偏僻卻也異常廣袤的新天地中，得以用不同角度觀察和體驗現實的新家園。譬如在〈巴吉魯〉中，方梓書寫的是在隆隆的空襲戰火中，七歲的母親從苗栗搬到花蓮，位於山邊的十六股一再以優美寧靜的「世外桃源」形象，再現於母親的生命經驗與抒情視景中，母親的「發現花蓮」正是由發現花東縱谷原住民部落旁，那棵生意盎然的「巴吉魯」開始：「清晨，溫暖柔和的金色光線，輕輕撩撥母親的眼瞼，走到窗前看著屋外的田園，還沾著昨夜雨露的樹葉閃著晶亮的水光。母親說，那一棵大樹葉子所發出的光亮，簡直可以用瑞氣千條來形容。一切都是那麼陌生、新奇。才剛適應魚腥的氣味，陽光曝曬樹葉的味道顯得特別的甜美。」屬於花蓮與夏天生長的巴吉魯，在母親的記憶中被摩挲得如此通靈剔透，同時反映出母親與原住民友伴共享的童年經驗，拼湊出移民的漢人與原居地的文化交流互動的回憶，原住民的食物和野菜竟能召喚出獨一無二的童年往事，宛如普魯斯特的《追憶似水年華》中喚起往事情懷的神祕勾引，母親對於異鄉這個新空間的認知，具體而微地突顯出原漢文化相遇的混雜性象徵（hybridity）：「僅僅半年的時間，母親嚐遍了所有原住民的食物和野菜；從昭和草到刺莧，從河蜆到池邊的泥鰍、鱔魚，母親誇張的說隨便抓都有。這是母親一輩子都忘不了的世外桃源，尤其那棵巴吉魯，深深的扎根在母親的心底。」

而父系血緣在遷徙過程中的處境與困窘，無非是一頁暗潮洶湧的歷史際會下，台灣早期閩漳移民的縮影，移民的悲愴與艱辛，傳達了顛仆漂泊的歷史感。祖公從泉州橫渡黑水溝至台灣謀生活，首先到士林看見爛泥土地，而後輾轉流徙大稻埕尾、江子翠，再到桃園大溪，找尋到可以種植番薯的旱田，但是不到幾年之間，原本被認爲不適合種植番薯的爛泥田，全變成繁華熱鬧的商業地帶，而方梓殷實的祖公還是依舊沉默的戴斗笠揮汗種番薯，一種無法洞見時代潮流，荒謬小人物的姿態，致使後代的阿公在日據時代從桃園大溪移民到花蓮開墾。在此花蓮不啻是移民者揮別傷痛故居，嚮往在新地方建立新家園的指涉，心懷拓展希望的光明創世紀，餵飽一家人以及禽畜的番薯也在東部濕潤的泥土上，持續的散發著一股強勁的生命力，而方梓進一步將番薯藤與移民性格相類比，透露著擺盪在故鄉與異鄉之間靈根自植的韌性，游移於不同時空座標的「家園」中一再翻轉新的家園想像，也暗示著新一代移民在新空間的衝擊之下，主體的身分認同勢將進行再建構：「番薯藤會翻爬過溪河；祖先由福建來台越過黑水溝，祖父母由桃園大溪到花蓮，我和弟弟移北定居，從一條溪河越過一條溪河，都是十足的過溝菜，過溝，落地生瓜，雙腳所踏，就是故鄉。」

落實在後山移民後代的方梓記憶視域中，家園不再是自己從未涉及過的西部天地，而是幼年日日俛仰其間的花蓮縣福興村，在分成以商店和公教人員居多的新村，和大半是農家的舊村所形構的實存土地中，沉潛著素樸家園的內在底蘊。方梓將焦點對準蔥薑蒜，這些做菜燉湯中點綴性的配料，來見證原鄉「十三鄉」如同小人物之姿，原鄉和兒時台灣農業社會記憶交纏，展現出農村中下層階級最基本溫飽的生存需求，隱喻出營生的壓力與貧窮的命運，如同方梓的母親所言，農村無疑是永不翻身的貧窮的化身，她早已看透「查某人若衰，才會嫁乎恁十三鄉的蔥仔蒜仔薑」，然而方梓每一番對於現實的剝視，都映現出台灣早期農業社會農家的勞動與生活，晶瑩剔透的汗珠澆灌出粒粒的稻米與菜蔬，這一群任勞任怨，精耕細作的鄉下人，在大自然的默默洗滌下，修練出渾然天成的堅忍性格，生命力異常堅韌，這些刻滿勞動痕跡的粗礪軀體，是見證台灣早期儉樸社會的動人力量：「十三鄉的大人都很勤奮，自己的田事做好，還到別村去做工；女人更忙，生養一堆小孩，張羅三餐、寒冬酷暑、雨淋日曬，都得在河邊洗衣服，還得幫忙做田，工作永遠做不完。這麼勤奮的工作，十三鄉的人還是很貧窮，還是得早早把小孩送去當學徒或到工廠做工貼補家用。」在方梓筆下十三鄉的居民，無一不是個性鮮明、性格愚魯的農夫農婦，然而他們也有自己的價值觀，人與人之間、天地萬物以及土地之間微妙的共生共存著，在人世的悲喜之間，他們以順天樂觀、恪盡本分成就了自身的圓滿，一如蔥薑蒜不是主菜，卻也不可缺少：「蔥薑蒜，都略帶辛辣，但是，辣不過辣椒；十三鄉的勤奮農夫，成就不了大人物，卻也出不了大奸大惡。辛辣的味道，一如男子的『土公』，性情暴烈，但魯直；女人強悍，但熱心。」這些人物所具備的性格特色，方梓寫來尤其多一分堅實的信念，一枝草一點露，而她側寫歷史隙縫中行將被遺忘的五、六〇年代台灣村鎮中人物，也一再表達出其對那個時代從鄉土中所孕育的人物特別眷戀，從最平淡卑微的生命片段，對於斯時斯土中的台灣人如何在生活中「活著」，淬鍊出勉力與堅忍，作了最親切的凝視。

方梓的《采采卷耳》所帶給我們的，與其說是童年生活的追憶，不如說是她有意的以文學作為滌清家族歷史的一種藝術媒介，不僅藉由寫作清晰的感受了原鄉的地方感，也透過文學中澄淨透明的地方感陳述，得以詮釋出特定時期，具有獨特歷史牽連的地方書寫，捕捉了花蓮鄉土與人的溫潤晶瑩之感。方梓以「花蓮豆」自居，十八歲高中畢業之後，離開花蓮貧困的農村，迎合父母的期待，到台北求學、謀生、結婚：「以後，妳也要到台北念書，這世人才會出脫。母親也經常這麼對我說。窮困的農村，賺食不易，台北像個金礦，閃閃發光，令人覬覦；到台北去，一直是當時父母對子女的最大願望。」離家遠去的子女像一株株連根拔起的豌豆，移植他鄉異地，落地生根，開花結果，但是原鄉的空間圖像無論是具象或是模糊，那種含融著日常性的生活記憶、瀰漫不去的思鄉愁緒、無法離棄的情感連帶關係，如同一株移植他鄉的花蓮豆，花蓮無疑是故鄉語境中永恆的記憶圖景，也是心靈回歸的原鄉，當時移事往，花蓮已成為方梓鄉愁的所在，更是創作靈感的源泉，方梓在〈遇見回家的路〉（一九九八）中透露出念念不忘的鄉情：

我一直在找尋一條回家的路。

早年，回家的路很長；一早，走一段濱海或北宜，一段蘇花公路，有長長隧道，有驚險的臨海斷崖。出了蘇花公路，兩排綠蔭迎面而來，家，就快到了。半顆太陽懸在山巔，進了家門，整個太陽沉落山谷，暮色收攏，燈一盞一盞的亮起來。

在離鄉的日子裡，街燈亮起，我開始想家，想我黃昏才能抵達的家。太陽開始西墜，我拉上窗簾，扭亮屋內所有的燈，躲開令我沉鬱的黃昏和一格格燈亮的窗戶。入夜，心才篤定起來。走避黃昏，心情有些掙扎，期待和害怕一併盤占心頭。有時，在窗簾後窺視黃昏的行走，想像自己正朝著遠方的家前進，有一條回家的路，一盞燈正等著我。

英國的文化研究學者斯圖亞特．霍爾（Stuart Hall）在其影響深遠的〈文化身分與族群散居〉（Cultural Identity and Diaspora）中申明文化身分的流動性與建構性，移居者在移置的刺激下，所引發的身分猶不只「是」什麼，還有「變成」什麼的可能性，如果說認同是隨著流移的空間文化而建構的多元主體，如同斯圖亞特．霍爾所說身分認同是不斷流變的實踐，方梓為何還得追憶原鄉呢？她念念不忘於後山映象與空間文化，背後是否有什麼更值得挖掘的論述姿態呢？抑或是說，追憶原鄉，除了抒發鄉愁與童年憶往之外，是否某部分介入台北新移民主體意識的形構之中？書寫原鄉背後當然涉及了獨特的政治意涵。方梓在〈樹的精靈〉中將童年時野生的雞肉絲菇比喻為久別的童伴，投射城市與農村的差距，她從花蓮鄉下到繁華的大都會，如同雞肉絲菇從一切天成的環境到如今的人工種植，更名為鮑魚菇，也進入光鮮的超市，象徵身分地位的提升，成為都會人的方梓，也有異於花蓮鄉間女孩的身分象徵，擁有時尚裝扮等等現代都會文明的特徵：「雞肉絲菇新生成鮑魚菇，樹的精靈失去了肥沃的泥土、果園，和洋菇一樣住進了棚寮，然後，遊走在大都會。」然而方梓對於鮑魚菇進步身分的象徵並不是全然認同，進入都會後把野性磨去的雞肉絲菇，少了自然的氣味與嚼勁，也透露著對自我經過大都會洗禮後的美化形象不無缺憾：「我童年的雞肉絲菇不見了，也沒有鮑魚的香味和Q感。它經過人工種植必然缺失些什麼，而我歷經歲月的滌洗也勢必磨損些什麼，這些都是不復返的，保持原味似乎只是一種理想。」身爲遷居台北大都會的新移民，方梓藉著書寫演繹著移民者主體的一種新詮，勾勒出素樸而深刻的花蓮在地觀點與土地意識，五、六〇年代平凡的東部農村面貌，雖在台灣快速經濟發展與劇烈變動中將被遺忘，歸屬入台北的空間意識之中的自我主體也一再流轉變動，但是以花蓮鄉土作爲背景的書寫中，回歸到對土地誠摯的情感，書寫原鄉也可視爲介入台北文化圈建構本土主流論述的一種努力與企圖：「不管我如何的用心烹調，那一口鮮極的薑絲雞肉絲菇湯，不復重返。鮑魚菇，有著深深的童玩痕跡，在採購與烹調間，我一點一滴索回封存已久的記憶，儘管，它已不再是原版。」

三、花蓮鄉間多元族群之間的互動

方梓來自西部移民的父系以及母系血親在花蓮墾殖遷徙，而後隨著血緣的融匯繁衍子孫，悲情的過去一一化爲可堪回首的花蓮地誌風情，「日久他鄉是故鄉」竟成爲他們這一輩西部移民的生命經歷。《采采卷耳》無非是藉由方梓成長的過程，以菜蔬做爲再現記憶的媒介，幽幽銘記交纏於歲月和鄉土的記憶與情感，家園／鄉土的概念也一再辯證與想像，方梓的家族經歷其實是代代移民融入以花蓮爲視點之家園概念的縮影，花蓮一如台灣是個經歷過多次殖民（移民）的地方，移民文化雖是花蓮文化／文學內在特質的重要部分，然而種族、語言或是文化的差異，又何礙於彼此交融與互滲呢？方梓在〈老芋仔〉中從福佬族群的角度出發，描述出新一代由中國大陸移居花蓮的外省老兵，與原居民從陌生恐懼到逐漸熟稔產生互動的過程，涉及多元族群的議題，顯現出多元族群之間的交涉，並形成具有特殊文化現象之新移民社區的故事，也觸及到台灣當代文化或是歷史論述的核心。

在方梓記憶中觸及「老芋仔」此一主題，勾勒出階級較低的外省士官兵簡陋的住所，由於語言隔閡和屋主豢養一頭眼露兇光的狗，成爲人人刻意迴避之所在，多數孤單一人的老兵往往住不到一年即搬離，方梓對於這些擁有戰爭經驗與逃難記憶的異鄉人所提出的疑問，也隱喻了他們飄泊流離的無常人生，透露出方梓對於恓惶流離根源的探勘：「我比較好奇的是，他們都從哪裡來，又到哪裡去？爲什麼他們都叫老芋仔？」在村子的十字路口中，矮屋、原住民女孩和狗構成了奇特的風景，因患難而相聚於福興村的「老陸」，他擾攘雜遝的人生，隱隱投射出亂世中的國族縮影，成爲反攻聖戰遙不可及，面臨既有家國觀念之解構，而頓失依憑的象徵，方梓也描繪出物質生活並不豐裕的「老陸」，前半生傷殘流落的歷程。不論是鋪陳的大時代悲劇，或是著眼於下階級外省士官兵生存情境的側寫，屬於胡台麗所謂外省榮民「自謀生活」類型的「老陸」，早期跟隨著國共戰爭裡潰敗的國民黨來台，而將台灣當作他們被流放的暫居之地，隨著家鄉／故鄉／他鄉的連串空間轉移，循此衍生駁雜面向之鄉土糾結，也增添花蓮鄉土錯綜複雜的向度，花蓮新鄉土與飄零無根之間的放逐人生也形成某種張力：「我們知道他因家裡窮，十八歲當兵，四處移防耽誤了婚事，三十歲跟國民政府來台，最早落腳高雄，然後南北移防，剛從軍中退役，希望花蓮會是他最後的定居處。兩年前在瑞穗鄉花錢娶個原住民女孩。」

在六〇年代封閉卻又淳樸的鄉村中，村民幫助「老陸」修繕颱風過後的屋頂，村婦協助他照料身有殘疾的原住民妻子所生養的女兒等等，這些庶民經驗的微觀史，與大時代交織而成花蓮農村的集體記憶，所激盪出某些共同的生活經驗與人際網絡，充滿著和諧共存的美感，不僅僅透露出大時代中不同族群的相依相存，也闡示出尊重與包容才是跨越各種族群與文化障礙的祕訣：「老陸離開那日一早，村裡好幾個人來送行，像是老陸要去當兵，只差沒放鞭炮，從路口走到和新村交界，等待『公路局』到花蓮車站。五、六分鐘的路程走了十幾分鐘，一路上村人不忘提醒老陸有空要回來，住了三年，老陸已被認定是村裡的人。幾個婦人還特別交代老陸如何帶孩子，像極了母親交代即將回婆家的女兒諸多事宜。」

「老陸」建立在經濟基礎下買賣式的婚姻，外省老兵的原漢通婚似乎循著類似的模式，卻讓人目睹原住民族群中女性因爲貧窮、性需求，以及就業機會的缺少選擇，而受到漢人強權和原住民父權文化的雙重壓迫，方梓也爲她眼中花蓮鄉土的過往，做了多層次的掃瞄，這樣的觀照亦披露了弱勢族群原住民所處的歷史文化與現實處境。〈采采卷耳〉記載方梓在尚未脫離懵懂蒙昧的童騃時期兩位原住民的友伴，身軀白壯、屬於泰雅族太魯閣支族的唐玉年，和黑而精瘦、擅長歌唱的阿美族女孩曾阿妹，透過方梓眼下的生命即景——小女孩天眞爛漫的眼光，無意間托出早期漢人沙文主義的歧視目光，以及主流社會文化與價值觀所給予原住民族群的「認同污名」（stigma of identity），小女孩只能透過恓惶而無目的的匆促遊歷，來滿足窺視與好奇的欲望，但是是否也唯有透過涉世未深，純眞敏感初生之姿的幾次探勘，才能多角度的折射原住民居住的家園畛域？從唐玉年及曾阿妹住所的簡陋反映出原住民經濟的弱勢與社會階級的低下，和方梓所居住的貧窮農村相比，也隱然含有社會階級觀。原本世居於花蓮縱谷的原住民，爲了經濟因素的考量而不得不進入漢人族居的地域，脫離自然生存的狀態，而進入以適應「文明」作爲價值依據的現代社會，取之於大自然的舊有狩獵的生存型態，不僅不見容於平原、稻作民族的思維邏輯，也在文明逼退的遷徙過程中，面臨到生存的危機：「我一直不敢去她家，害怕她阿嬷念咒。我曾偷偷的經過唐玉年及曾阿妹的家，那裡被我認爲是禁地，我半跑半走，大筆一揮似的瞄了幾眼。那一區幾乎住著百分之九十的原住民，百分之十是單身的『羅漢腳』，房子是稻草屋及少部分的鐵皮屋，很小很暗，屋前只有小小一塊的泥土地，……我很好奇，那麼小的泥土地如何曬稻穀，母親說他們不種稻，不用曬穀子。每間屋前都散置幾個籐編的竹簍，裝著幾種像草的植物。我沒看到果子狸，也沒有羌或鹿……」承襲原住民母體文化中與大自然有機互動的過程，曾阿妹很自然的便能馳騁於山林之間，分辨野菜是原住民一代代傳承下來生活智慧的結晶，方梓也藉由曾阿妹所揭示的「把把號」（阿美族人稱 Vadal）野菜之名，一窺原住民與大自然實踐的生活哲學，在野採之遊中進入阿美族人的生命世界，野菜經驗無疑是狩獵文化結合地形、動植物等經驗傳承，形成族群生活重要的文化內涵，當平地文明衝擊到原住民固有的生活型態的同時，野菜是關鍵性的召喚，召喚出四季循環、時空一體的部落生活環境。此外兒童屬性所代表的自由，也排拒成人世界象徵秩序中的族群類化和區隔話語，方梓這「福佬孩童」與唐玉年和曾阿妹這群「原住民小孩」因遊戲而建構的人際關係，也使得族群的矛盾與衝突，在彼此的體溫中漸趨柔軟與溫潤。

當平地的資本和文明侵入原住民社會已成既定事實後，方梓又是如何凝視身處於花蓮複雜多元的族群政治中，多重弱勢身分的原住民女性處境呢？沒有像方梓一樣升上國中的唐玉年和曾阿妹，恍若人間蒸發般的從村子裡消失，極有可能到台北工廠當女工，直接躍入萬紫千紅、物慾橫流的成人世界；而對於方梓而言，驚覺到童年的結束，不是小學畢業典禮上的驪歌聲動，而是唐玉年和曾阿妹不再出現在村子裡大石塊上。隱喻著鎮日遊蕩在荒郊野外採蕨童年的兩位原住民女孩，其實代表著成長過程中原本漫漾的各種歡顏與騷動，遊蕩與天眞，然而這些童年經驗在被轉化爲成人式的功業或是成就的追求下被刻意地遺忘或是排拒了：「在一種非常尷尬的心理狀態下，急欲於擺脫鄉野的色彩，即使假日也不採蕨……」在某個層面，屬於社會底層的原住民女性，由於經濟的需求而遠走他鄉，在都市聳立的水泥叢林的空間結構中求生，因而逐漸被都市文明價値觀同化；已被污名化的原住民族群，緣於經濟的需求，必須順應現代化的生活脈動，在都市勞動中逐漸枯竭生命的源泉：「原住民歌手紛紛走紅，看著螢幕上的張惠妹，我想曾阿妹早生了一、二十年，在那個不屬於他們的年代，他們沒有舞台，離開山野，卻跌落在都市淵藪。」山野菁蔬的蕨類凸顯出原住民母文化自然的力量，方梓以蕨類比原住民友伴，除了繁華落盡，又再度驚豔於蕨的美之外，也藉由時光流轉，溯回那段摘採野菜的生活，記敘出原住民女性樸實無華的本眞，與任情適性的野味：「我最喜歡這樣的蕨，口感滑嫩，蕨味十足。一種感覺吧，唐玉年和曾阿妹都像蕨蔬；唐玉年像山坳的過貓，曾阿妹如水澗邊的扇蕨。」

從方梓家族移民史到花蓮縣福興村所建構的素樸家園，從「老陸」到唐玉年和曾阿妹所呈現族群的視角，我們得以正視花蓮土地上不同族群文化的遭逢與衝突，透過雙方企圖泯滅族群的界線與隔閡，在花蓮這一個地理空間，建構起和諧共生的新家園；然而另一方面也從菜蔬所代表的農耕習慣交互形構成族群共榮、多音交響的台灣歷史，以較寬闊的歷史記憶圖景，拼貼出有「風土」背景的空間語境：「台灣史可以有各種不同的寫法，但恐怕很少人會想到，用玉蔓菁、癲葡萄、巴吉魯、過溝菜、山蘇、過貓……也可以為歷史作註的。方梓的巧思妙喻，令人發出會心微笑。」方梓也在文本中透過另類的台灣史書寫，來思考所謂多元開放「台灣性」的可能，而一直與土地情感緊密聯繫的方梓，對於原鄉的情結影響其「台灣性」的建構，而這種見證傳統台灣鄉土人物性格中的韌性與土性，也如同大地之母般具有最原始的生命能量，歷經挫折而猶自屹立不屈，方梓的「台灣性」涉及原鄉與女性的雙重意涵，具有強烈的土地召喚：「不管是起陽或鐘乳草，是葷是素，性烈或性溫，也沒有春雨剪韭的雅興，對我而言，它卻是十分的『台灣性』，韌性強勁，割了再生，生了再割，十足台灣農人的性格，血液裡留著辛烈，卻又是溫婉能屈能伸，濃烈的味道看似排他性強，實則素炒或者和其他食物搭配皆宜。」邱貴芬教授在〈後殖民之外——尋找台灣文學的「台灣性」〉中，引用周蕾、奚密等人對於「中國性」的相關討論，來參照「台灣性」的問題，針對本質主義者和反本質主義者的辯證，她提出一個類似史碧娃克（Gayatri C. Spivak）策略性本質的觀點：「『台灣性』是什麼？我認爲『台灣性』並沒有單一固定的內容，端看它被策略性地放在什麼位置來呈現。例如，想要強調台灣被壓迫狀態時，可能論述重點在於台灣被殖民的歷史和情境；想要朝向台灣的多元文化交流方向去思考時，可能論述放在『海洋意象』、『海洋文化』等等……」，由此我引申討論敘述與地誌的書寫中所謂「花蓮性」的議題，它同樣也非單一的本質，而是不斷流動、龐雜多元，且經常是具有重層性的特色，所以「花蓮性」可以是方梓的原鄉地誌書寫，或是陳黎短詩中的花蓮圖像，抑或者是廖鴻基的海洋文學，甚至是任何與花蓮土地及島嶼結合後，深含幅射意義和可能性的文本，「花蓮性」是一個具有延展性與開放性的符號，可以從本土與前衛、島嶼與世界不同的視角來審視「花蓮性」紛繁的風貌。

四、新舊過渡階段中的女性主體

做為一位女性創作者，方梓無疑的對女性角色有極為敏銳和細膩的觀察，對女性角色的書寫一直是她持續的創作主題，這種意識的探索早在《第四個房間》中就已露出端倪，方梓在〈房間〉（一九九九）一文中，不同於吳爾芙（Woolf）曾以《自己的房間》（*A Room of One's Own*）說明了女性創作與擁有自主空間的重要性，而是書寫婚前受盡寵愛的女兒，也將隨著出嫁後人事的變遷，失去娘家中原本屬於她獨有的房間，由此引申而來的淡淡惆悵與感傷，也對社會習俗中嫁出去的女子有如潑出去的水，所代表的父權文化價值提出反思，道出女性置身傳統父權社會的性別觀念與倫理綱常中邊緣化處境：「有母親，才有女兒，也才有女兒的房間。心底十分清楚，將來等到父母親百年之後，我的房間或客房將徹底消失，恐怕連作客的機會也不多。」

在《第四個房間》有不少觀照女性的內心世界，以女性做爲寫作題材的作品，〈溫溫啊來〉（一九九四）由煮湯圓、端湯圓、吃湯圓的過程，鋪寫婆婆沉潛靜心的生命哲學，更對照出自我對於婚姻生活的反思；而〈凡間牡丹〉（一九九八）則將母親比擬爲牡丹花轉世，由山前逆轉到後山的命運，不僅褪去了貴氣的花顏，更由於嫁入窮困的農家而落入凡俗灰敗的生活中，成爲墮入凡間的富貴牡丹。身處的父權制空間，公私領域的劃分和性別分工，使得女性被歸納入私領域，居於從屬的地位，西方激進女性主義使用父權制的觀念來批判因家族體系導致女性被壓抑的社會結構，米勒（**Kate Miller**）在一九七〇年完成經典之作《性政治》（***Sexual Politics***）提出「性即政治」，並以「父權制度」一詞來指涉男性壓迫女性的社會制度，米勒指出這一套制度成功的使女性接受僵固的性別角色，並服從父權制度。方梓的女性形象的書寫，往往聚焦在置身於農業社會的上一代年長的女性，然而當我們碰觸到方梓所再現的花蓮鄉間底層女性的經驗時，屬於私領域的女性身體感官經驗的描述是十分少見，顯現出以傳統父權爲依歸的農業社會，女性的身體被塑造爲勞動性的身體，重視身體的生產能力。在〈永遠的詛咒〉中，方梓以名爲「打某菜」的茼蒿爲例，爲身處於舊價值的女性塑像，在五、六〇年代對於丈夫毆打太太的行爲早已司空見慣的台灣鄉間，婆婆也形成權力壓迫結構下父權的幫凶，支使兒子「尫就是天，某那臬擺，就要教示」的道理，這種源自於宗法制度將男尊女卑與嫡庶制度階級化，使得缺乏知識資本的底層女性依附男性爲生，民間俚語也點出婚姻制度將女性客體化爲丈夫財產的一面：「某是錢娶的、餅換的。」傳統女性把丈夫的凌虐視爲宿命的擺布，也勾畫了女性觀點出發的鄉土空間的複雜面向，父權的壓迫也成爲構成女性鄉土經驗的重要元素：「我問母親結婚後是不是都要被丈夫責打？母親說，好命的不會，歹命的就難說。母親安慰我：恁下一代可能恰好命一點。即使在那時也算是前衛的母親，仍有『女人是菜籽命』的怨嘆。母親曾狠狠的說，下輩子要投胎當男人，女人一世人未出脫。」

在〈南方嘉蔬〉中她以早期艱苦環境中救命的食物——空心菜爲喻，來對傳統女性的本位角色與特質賦予一種新的詮釋，由於空心菜深具韌性，往往能快速的根衍葉生，成爲三餐的主菜，亦是貧困家庭的象徵之一，也暗喻著在大家庭網絡中當媳婦時的心酸，簡約到近於苦行的自我犧牲：「然而對母親而言，空心菜也總會勾起當媳婦時的心酸。在不寬裕的大家庭當媳婦，伯母和母親不管哪一餐總是最後吃飯的人，通常只能冷飯就著涼了的菜湯汁和幾根黯色的空心菜梗下飯。因此，母親說，能吃到熱騰騰、脆綠的炒空心菜是幸福的人。」在〈歲歲年年〉是方梓咀嚼長年菜時，彷彿咀嚼出母親與婆婆那輩女人的心情，然而在此背負著舊式婚姻包袱的母者形象雖然儉樸勤勞、強悍韌性，但是方梓並非將其扁平的聖化爲堅苦卓絕的奉獻者，或是誇大其悲慘遭遇，而是刻畫女性卑屈中的反抗與爭執，使之成爲有血有肉的文本：「年長成家爲人母後，終於能體會母親嗜吃長年菜的背後因素；那個年代，媳婦的日子十分難爲，能吃一頓飽就算幸運，哪還能挑食，尤其是剩菜，理所當然是媳婦的『專利』。從小母親就很少訓示我該如何當個女人，更不曾要我學做飯菜，她認爲讀書才是我主要的事，我想身爲女人的苦她幾乎都嘗過，年輕便和傳統纏鬥，形勢比人強，母親幾乎沒有勝算過……」如同大地之母原型的母者，在方梓眼中如同空心菜，以虛體去擔受時代的悲苦，去承納豐盈的世界，固然是傳統社會的犧牲者，卻以堅苦自持的毅力回應生命的苦澀與不完美：「台灣的女人一如空心菜，不管怎樣的環境，她們都能活出自己的風格，卑賤也好、時髦也罷，主角或是配角，都韌性十足；台灣，從貧窮走到富裕，表面看來她們也許不是光環所在，卻是光環背後的光源。」這使得我們目睹一種孕育自早期農業時代，蘊含大自然強悍生命力，以驚人意志力與生命力哺育萬物的女性原型：「早期台灣的女人是菜籽命（油麻菜），這般的認命，不如說，台灣的女人是非菜性格，『擱生擱有』生命力強，又極具韌性。」

《采采卷耳》中也將觸角伸展至被主流社會忽視的一群邊緣女性人

物——童養媳，童養媳的身體感覺與私密經驗成為方梓主要的描寫對象，透過她們的情欲活動，來呈現出鄉土空間中不去探索的女性私密、幽暗、被壓縮的生活空間，私人化的身體也成為探測女性意識和隱密欲望的一處切入口。由於台灣早期社會「女嬰（孩）無用、無價值論」相關性／性別權力論述，而使得一種特殊的女人交換制度在其中熱絡的運作著，漢人家族藉此制度綿延子嗣，同時建構著該社會中的性別系統，被孤立於養家的媳婦仔，在婆婆對她的身體施加一套監督的權力，以及養家依傳嗣需要作出最終婚配要求，使得媳婦仔極為屈從及認同養家所安排的一切，但是卻在身分認同的主體性建構呈現矛盾及流動性。

〈遲來的花季〉中，描寫出童養媳阿桃嫂曲折坎坷的人生，從小不愛講話、性情陰鬱的阿桃，喜愛與她年齡相近的二哥，卻被迫與大哥完婚，生下三個小孩，在二哥結婚後痛澈心扉，拋家棄子，在中部一家小旅館當女中，跟著一個男人沒名沒分的過生活，在此方梓藉由阿桃的自況將童養媳的女性比喻為菜花，從落土發芽一直到開花，都被認定是青翠的蔬菜，不是燦爛的花朵，一如童養媳是個沒有青春的女人，尙未開花，就被認定是歸屬於妻子的角色：「從一出生她就注定是媳婦仔，女人是一蕊花，一世人應該開一擺，我一出世就是白菜花（花椰菜），是菜不是花，注定一世人無法開花，永遠沒青春。」傳統的女人僅是家族傳宗接代的工具，身體被視爲附屬其婚配的男性，毫無情欲自主性可言；在此方梓沒有臣服於傳統價值觀的伏流，反而讓童養媳阿桃從傳統／不貞中掙脫出來，描寫她對於感情的憧憬，賦予其抒發情欲和想像的自由，在層層束縛下試圖實現自我情欲的女性，所展現的張力和韌性値得探索與深省：「也許當女中的阿桃是這一生最快樂的時光。那個男人或者也是挑起她死灰般的感情的人，雖然，感情和生活都像流浪的吉普賽人，然而被點燃的火再微弱，也會發光，至於名分對她來說反而是最不重要的，四十歲的女人勇於追求從未獲得的青春、愛情，即使拋家別子。」

在〈嫁茄子〉中，方梓也關注於傳統鄉土空間中，逾越父權規範的女性情欲，受傳統禁錮幽深晦黯的女體，她以「紫色對我而言是妖媚、是迷惑，同時，也是禁忌與情欲的表徵，最初的迷惑是來自那件紫色衫褲，以及穿那件衫褲的人。」耐人尋味的點出在婚姻的陰影裡、在禮法的縫隙間，另尋出路的女性情欲。豐乳肥臀的阿姆，是童養媳出身，年輕還未婚的她是村裡少年家心中的「黑貓」，卻嫁給破病清仔，在送做堆的第一年後，阿姆開始喜歡穿紫色長褲到林醫生診所拿藥，在此紫色銘刻著阿姆的身體經驗及欲念，當少婦阿姆越發嬌豔和丈夫的削瘦形成對比時，流言在巷弄中流轉而不散，一種詭譎浪漫的懷想每每引誘方梓注視阿姆「紫色的長褲緊裹著阿姆豐腴的大腿，像兩條胖胖的茄子」。嚴酷的宗法社會並不能阻絕欲望的沖激流淌，在此情欲的流動，可視為探勘台灣早期宗法家庭的束縛與社會媳婦仔制度的重要門徑，在以往權力機制支配下，女性情欲往往只能從禁閉的狀態尋找出口，方梓對於童養媳在傳統社會中處境的遭遇，感喟自在其中：「童養媳的陋習終於逐漸沒落，絕跡。花歸花，菜歸菜。」

方梓在作品中持續關注於女性對傳統性別角色的掙扎，在〈被封藏的青春〉中，提及不管冬瓜、黃瓜、芥菜，一旦進入陶甕中都統稱爲醬瓜，而女性結婚後也統稱爲「某某太太」，這樣去名掉姓的狀態暗示女性進入傳統婚姻的牢籠中，也進入父權秩序中的附屬地位，這樣「他者」的位置也是女性現實的處境，而在父權秩序中除了將女性轉化爲傳宗接代的工具之外，另外將女性賦予妻、母、婦等職能，進而家庭化女性氣質（domesticated femininity），此一生活空間場景，完全體現了女性生活空間的封閉，然而在長時間的家務勞動中，女人也進入甕中，獻祭了她亮麗的青春與可貴的年華：「女人一旦結婚後，就逐漸進入醬瓜的生涯，逐漸黯淡的顏色，日漸枯皺的皮膚，像極了醬瓜上的條紋，家庭的生活就像甕中的醬瓜慢慢的發酵、熬悶，然後變甘變醇，醬汁也變得甘甜，瓜肉發亮。」和上一代的母者不同，方梓的青春歲月並未完全浸泡在廚房裡，阿嬤或是母親卻是宛如一罈陳年的醬瓜，年歲與青春沉澱在波瀾不興的家庭生活中，方梓將醬瓜的意象與女性的命運剪接在一塊，展現因壓抑而蘊積的曲折情感，走進廚房的家務空間，女性自我意識的發展終究受到損傷，再也無從保有自身領域的完整性：

> 醬瓜必然想到母親，甕，想到女人，想到廚房、醬菜，也可以聯想到黯淡的顏色；甕，想到封閉；廚房，想到狹窄的空間。然後，我列出這樣的排列關係：青蔬→醃漬→甕→醬菜→稀飯→廚房→女人→青春。空間／狹窄，顏色／黯淡，味道／甘鹹。母親是在我所羅列出的這些時空中度過她半生的精華。

女性面對社會變遷的處境，也是方梓文本中重要的主題，方梓以自我爲基準點，透過生命敘說與書寫，上一代的母親和下一代的女兒雖然循著相似的生命軌跡，在人生路上匍匐前進，但是由於物質條件的變遷，與台灣新舊過渡階段中的女性際遇，使得三代女性呈現殊異的社會處境與世代的文化差異；上一代的母親其身體及勞動完全被父權家庭所徵用，談不上個人自主性及享樂，一如在貧困的年代，不種絲瓜之外無從選擇的際遇；

而下一代的女兒則無論是行動、經濟或是情欲均有充分的自由，極端個人主義，夾在兩個世代之間的方梓依然感覺到父權、男性中心的遺緒，因而進退兩難：「對母親而言，不種絲瓜能種什麼?對女兒而言，不種絲瓜可以種別的，當然也可以什麼都不種。有一陣子，我常陷入這個迷宮；母親屬於無從選擇的年代，女兒則是什麼都可以挑選，而卡在其中的我，困惑而沒有主見。」在〈反僕爲主〉中，方梓也將經常感嘆生不對年代的母親比喻爲菜頭，雖然「菜頭像查某嫺仔，有時恰水擱小姐」，但是卻由於出世不對，生成再怎樣美貌，也是枉然，方梓藉由不同世代女性生活經驗的差異，走過時代變遷下的文化地標，也記錄著台灣女性性別意識成長與覺醒的歷程，而新世代的女兒無疑是是自覺性與自主性最高的一群，掙脫傳統價値觀束縛，未來有耀眼寬廣的舞台等著她盡情揮灑：「他們這一輩的女性多數沒有『媳婦熬成婆』，反而在現代與傳統的夾縫中，有些適應不良。我們這一代的女性雖也累積不少社會資源和女權運動者的努力成果，卻還無法『反客爲主』或『反僕爲主』，當然也就做不到『氣死一群雞鴨』。但我卻十分清楚，我們養育的下一代，他們有充足的資源，各種條件看來都適合他們的發展，也就比較可以達到眞正的兩性平權，至少，在他們的年代，兩性的關係，應該不再有主僕的區分。」

五、結語

方梓的原鄉開啓了她的創作之門，對故鄉的無法忘懷，使其在作品內部採取童年的眼光來觀看土地上發生種種人事的遷變與糾結，並以父系及母系的血緣為出發點，銘刻出家族的歷史，藉著花蓮移民的家族歷史演繹移民者主體的建構，進而歸屬入花蓮的在地意識之中，也從居處的花蓮縣福興村一處貧窮的農村，側寫歷史隙縫中行將被遺忘的五〇、六〇年代村鎮中的人物；並進一步從福佬族群的角度出發，描述出新一代由中國大陸移居花蓮的外省老兵與原居民從陌生恐懼到逐漸熟稔產生互動的過程，並與唐玉年和曾阿妹這群「原住民小孩」因遊戲而建構的人際關係，涉及多元族群的議題，此外方梓也透過文學中地方感陳述，捕捉了花蓮鄉土中地方書寫，以另類的台灣史書寫，來思考與土地情感緊密聯繫的「台灣性」建構。對女性題材的關注與書寫也是方梓散文中的一大特色，一種孕育自農業時代，蘊含大自然強悍生命力，堅苦卓絕的女性是方梓筆下「母者」的分身，她藉由不同世代女性生活經驗的差異，也記錄著台灣女性性別意識成長與覺醒的歷程，寄寓性別平權的美好未來。

【附錄二】

在平凡中尋求不平凡

評方梓《采采卷耳》

鄭淑娟

在林文月《飮膳札記》引領一陣追憶似水年華的抒情美食散文風潮後，方梓的《采采卷耳》可說是承續林文月融合古典與現代風格，卻又能代表台灣本土味的飮膳之作。出生於花蓮鄉下的方梓，在《采采卷耳》中，用她含蓄樸實的筆成功描繪了台灣早期的農村生活。書裡所提到的空心菜、茄子、竹筍、南瓜、苦瓜、絲瓜、茼蒿等，都是台灣常見的菜蔬，書中所描繪的人事物，也是日常生活中都可能發生在你我身上的家居記憶與童年往事。逢甲中文系副教授張瑞芬認爲：《采采卷耳》表面上敘寫二十四種蔬菜瓜果與凌拂《食野之苹》近似，其實精神上接近林文月《飮膳札記》，其寫作重點在於人情物意之美。作者在書中所提及的每一種物象（無論菜蔬或飲饌），皆是做爲引發人事感情的關鍵而已，其重點在於作者心心念念的童年、故鄉、親人與鄰里舊友。

一、雅俗並用的文字藝術

《采采卷耳》書名來自《詩經．國風．卷耳篇》：「采采卷耳，不盈頃筐，嗟我懷人，寘彼周行，陟彼崔嵬，我馬虺隤。」與林文月《飲膳札記》上承《古詩十九首》的純樸文風有異曲同工之妙。書中題材，雖都只是鄉里尋常生活與日常瑣細，但方梓卻巧妙引用了許多古籍如《毛詩》、《封神演義》、《紅樓夢》、《幽夢影》、《本草拾遺》與《本草綱目》等，串聯今古，並娓娓道來許多菜蔬根源，俗中有雅，不但成功的描繪出台灣田園生活的自然清淡，也讓這本書蘊含豐富的知識內涵。譬如她在〈反僕爲主〉一文中，開頭先以平凡黯淡、當了一輩子農夫的祖父對歌仔戲《陳三五娘》五娘的看法：「五娘美若天仙，伊的查某嫺仔益春也水恰親像一蕊花。」來感嘆五娘的婢女益春雖與小姐同樣具有傾國傾城的美貌，卻只有像是菜頭（蘿蔔）的查某嫺仔命，來比喻自己就像益春一樣是「生不逢時」的命；接著用祖父戲謔「菜頭燉肉，氣死一群雞鴨」來說明蘿蔔的奪味與如何反客爲主；然後再以《詩經・國風・采苓篇》中「采葑采葑，首陽之東，人之爲言，苟亦無從。舍旃舍旃，苟亦無然，人之爲言，胡得焉？」來暗示葑（蘿蔔）的價值。最後以《紅樓夢》中襲人、平兒、晴雯等婢女的命就像查某嫺仔命的感嘆，巧妙的把祖父的命運與蘿蔔的價值做連結。全文雅中有俗，看似平淡，實則圓熟，讓人回味不已，咀嚼再三。鄭清文認爲：「雅和俗不是對立的。重視古典，有時是必要的。但是過分偏古典，而忽視現代，卻是無知的。古典和現代能夠涉連，古典才有生命，不然只是骨董而已。」可說是這部散文最好的寫照。

二、藉食物敘寫人情物理

《采采卷耳》共有二十三篇文章（註：舊版，二〇〇一），每篇文章約三千五百字左右，介紹一種菜蔬的歷史、特性，並藉著對菜蔬的記憶，描寫鄉里故舊的尋常點滴，串聯出一段段動人的故事。譬如在〈南方嘉蔬〉中，是方梓記載父親所說的空心菜故事。空心菜是日常可見的蔬菜，在衆人眼中看似平凡，卻具有悠久的歷史典故與意義。

對於不顯赫的姓氏，父親反而津津樂道的向我們述說有關林姓的由來。故事中，紂王的叔父比干，被挖了心，一路奔逃求救，卻因為賣空心菜婦人的一句：「人無心都可活，菜為什麼非得有心？」父親說，比干聽了，落馬而死，中了妲己的奸計。比干的遺孀逃到森林中產下一子，取名林堅。父親說，這就是林姓的由來。……

在母親輩的身上，我卻有一種感覺，台灣的女人一如空心菜，不管怎樣的環境，她們都能活出自己的風格，卑賤也好，時髦也罷，主角或者配角，都韌性十足；台灣，從貧窮走到富裕，表面看來她們也許不是光環所在，卻是光環背後的光源。

> 蕹菜，台語唸「應菜」，我還是喜歡它叫空心菜；空心是以虛體去擔受時代的悲苦，或者，去承納豐盈的世界。從商末比干的無心菜至現今的空心菜，翠綠的身姿亙古如一，虛實，不過人間相。

文中，方梓將空心菜轉化，從父親的故事裡體現人間虛實的表相，也藉著空心菜來暗喻台灣女性的堅韌性格。

另外，方梓也在〈歲歲年年〉一文中，以有長年菜之稱的芥菜，「人生如芥，似草的生命終究也可以隨遇而安；女人猶似芥菜，不管清炒、醃製成酸菜，或是，甕裡的覆菜，由苦澀轉酸、變鹹，再呈甘醇，女人總是在這樣的轉折中，活得有滋有味。」來暗喻婆媳相處中媳婦難爲的艱辛。在〈錦荔枝與癩葡萄〉裡，則有一段對苦瓜的敘述：「小時候一直不了解，母親和伯母爲何嗜食苦瓜。也一直不解，同樣是植物生長出來的果實，竟然比藥還苦，卻苦得受人喜愛。年輕時的母親和伯母都十分的沉靜，是生活的困苦讓她們難得展歡顏，還是傳統的禮俗壓得她們認命？小孩不吃苦瓜，因爲小孩的生命是甜美的，是歡樂無憂的。小時候，母親哄我吃苦瓜，說苦中帶甘，但是這個『甘』，小孩是嚐不出來的，也無從體驗。直到爲人妻爲人母，才悟到『甘』是要熬煉的，用愛，用心血，用青春浸泡、煎熬。」則將苦瓜的苦與中國傳統婦女那種含辛茹苦的生命情懷做連結，讓這一種在日常生活中平淡無奇的料理，更增添了濃濃情意與人生滋味。而在〈清澈的溫柔〉一文，「一直很喜歡冬瓜的外貌和線條，簡單、美麗，雖然有些巨大，卻有一種厚實柔潤的感覺，內在是清透、乾淨的。」娓娓道出其貌不揚的女同學「冬瓜」的故事，從童年的委屈到後來結婚生子的幸福生活，就像眞正的冬瓜一樣清爽宜人，只能把美麗隱藏在內心深處。

三、素樸自然的語言風格

除了用含蓄溫婉的筆觸寫出故鄉純樸田園生活外，方梓也在《釆釆卷耳》中用了大量的方言來描寫鄉間的自然風味。如〈錦荔枝與癩葡萄〉一文中，描寫鄰居、也是親戚阿緞表姆憂苦的臉，常被姆婆數落：「整個面憂結結，苦瓜嘛比伊卡春，飼一群袂曉笑的囝仔。」或者在〈小卒過河〉中，描寫母親年輕時，每當和父親抬槓，總會說他：「查某人若衰，才會嫁乎恁十三鄰的蔥仔蒜仔薑。」在〈反僕爲主〉中，描寫祖父對許多食物的評語：「紅菜是散赤人的麻油雞、薑是山珍、鹽是海味，冬瓜清涼解毒，菜瓜去痰化熱。……菜頭像查某嫺仔，有時恰水擱小姐。」另外如「胡亂講」、「羅漢腳」、「菜籽命」、「賺食」、「囝仔人笑笑仔大」、「查某囝伴」、「囝仔人有耳無嘴」、「歹竹出好筍」、「親晟」等，更能顯示出鄉間生活的趣味與溫馨。

張瑞芬認爲：「《采采卷耳》從菜蔬瓜果身上，發揮了『因雪想高士，因花想美人，因酒想俠客，因月想好友』的精神，將人情物意發揮到極致，其所寫主題實已超越了表面的物象。……在平凡不過的事物當中尋求到了不平凡的意涵。」

後記

書寫於我最大的動力是記錄，記錄平凡人的生活，記錄父母親的生活，記憶曩昔。

父母親年輕時是一介農夫，最大的心願是把農作物種好，把三個子女養大，不要再當農夫。果然，我和兩個弟弟都沒有繼承衣缽，大弟從事電腦事業，我和小弟在新聞業。父親中年轉行做大理石加工生意後，家裡那塊三分多地的農田便一直荒耕，至今二、三十年。

母親在屋旁的田裡闢種一小塊的菜圃，種菜和照顧孫女一樣，母親都十分用心。種菜雖然是食用方便又不怕農藥問題，其實，主要是父母親還沒有忘情農事，當成空暇的休閒。是原來農地約十分之一的菜圃，和父親當農夫時所栽種的蔬菜種類相差甚多，然而這樣一塊小小的菜圃卻勾喚我諸多小時候對蔬菜的懷念。每一次回家，最喜歡到菜圃裡走一走，踩踩田土，摘摘菜葉，彷彿是對自己疲乏的心靈的犒賞。每一株蔬菜就像舊識、昔時的玩伴，一一召我回到童年，那個樸實的小農村。

翻閱關於蔬菜的圖或照片，青翠的葉片或植在土裡的根莖，總會令我心動，好似與昔日情人不期而遇，爲此，我還買了幾本關於蔬菜介紹的彩色書籍，像是舊情人的照片，偶爾拿出來懷舊。

一直有個聲音不時的在心底嘀咕著，一種氣味干擾著，像是舊債未還，心裡隱隱罣礙。

我決定面對那份曖昧的情愫。

小時候的農田一塊塊在心底出現，每一種蔬菜鮮活起來，青生的葉莖味道，迴繞在腦海裡，蔭綠色的汁液汩汩地在血脈裡流竄。我有些心慌，害怕哪天醒來，蛻變成一棵蔬菜。如果眞能蛻變成蔬菜，我會選擇哪一種蔬菜？各種蔬菜快速在眼前列隊而過，對蔬菜，我沒有特別的偏好，即使很多人不喜歡的青椒，我還是覺得它是美味的。

終究是要選擇，就像撿拾沙灘上的石粒。

我選擇了二十三種蔬菜，不是因爲口味上的挑剔，是屬性，或是熟悉度，或者，某種意義。

然而書寫蔬菜，就像在書寫自己的童年，父母親的平凡生活，農村的面貌，五、六〇年代至八、九〇年代，台灣社會一個小農村，一群農人的生活遷變，藉著蔬菜做爲投射，每一則故事都從花蓮開始。

《詩經》裡大多數的詩篇是描述庶民的生活和心聲，有許多關於採摘蔬菜的情景，透過採摘蔬菜或野菜，呈現當時農人或庶人艱苦生活的面貌，窺探當時社會貧富懸殊的種種；其中〈七月〉這首詩更是農人一年十二個月困苦生活的描寫。更多篇章是妻子或情人思念遠征的丈夫或男子，最多的場景也是在野外採摘野菜時，一則藉以反映民不聊生，一則敘述親情、愛情的牽掛。蔬菜成了一種「藉物」。

在本書中，蔬菜正是「藉物」，藉著蔬菜，投射人與社會某些關聯，城市與農村的差距。也因爲是藉物，難免偶爾會有些「牽強」，但並不傷損整體的觀照。

本書中的蔬菜稱呼或栽種方式均以花蓮爲主，也許有極少部分與其他地方略有出入。台灣的農業發展的極好，蔬果種類繁多，只有少部分是屬於季節性，其餘四季皆可栽種採收，如便利商店，全年不打烊，且新鮮甜美，這和五、六〇年代蔬果的生產季節分明，有很大的改變。或許正是這樣的改變，致使我懷念起那個匱乏的年代，那些孜孜爲生活營生，也是推動台灣經濟卻被忽略的默默無名的農民，那些大部分已變成公寓大樓的農田，那些將被遺忘的記憶。

也謹以本書獻給我的父母，由於他們使我有豐富的蔬菜知識和精采的童年。

國家圖書館出版品預行編目資料

采采卷耳 / 方梓著.
-- 初版. -- 臺北市：聯合文學, 2008.09
304 面；14.8×21 公分. --（聯合文叢；426）

ISBN 978-957-522-785-2（平裝）

855　　97014616

聯合文叢 426

采采卷耳

作　　者／方　梓
發 行 人／張寶琴

總 編 輯／周昭翡
主　　編／蕭仁豪
資深編輯／尹蓓芳
編　　輯／林劭璜
資深美編／戴榮芝
業務部總經理／李文吉
行銷企劃／蔡昀庭
發行專員／簡聖峰
財 務 部／趙玉瑩　韋秀英
人事行政組／李懷瑩
版權管理／蕭仁豪

法律顧問／理律法律事務所
　　　　　陳長文律師、蔣大中律師

出 版 者／聯合文學出版社股份有限公司
地　　址／(110)台北市基隆路一段 178 號 10 樓
電　　話／(02)27666759 轉 5107
傳　　真／(02)27567914
郵撥帳號／17623526 聯合文學出版社股份有限公司
登 記 證／行政院新聞局局版台業字第 6109 號
網　　址／http://unitas.udngroup.com.tw
　　　　　E-mail:unitas@udngroup.com.tw

印 刷 廠／百通科技股份有限公司
總 經 銷／聯合發行股份有限公司
地　　址／(231)新北市新店區寶橋路235巷6弄6號2樓
電　　話／(02)29178022

出版日期／2008 年9 月　初版一刷第一次
　　　　　2020 年6 月 1 日　初版一刷第二次
定　　價／350 元

ISBN 978-957-522-785-2（平裝）